UNE POIGNÉE DE CONTES

PAR Mme H. BECCHER-STOWE

TRADUCTION

DE Mme LÉONTINE ROUSSEAU

PARIS

BAZIN ET GIRARDOT, ÉDITEURS

RUE SAINT-JACQUES, 174

HASSEVENT

DUFRENOY S.C.

1re SÉRIE.

UNE

POIGNÉE DE CONTES

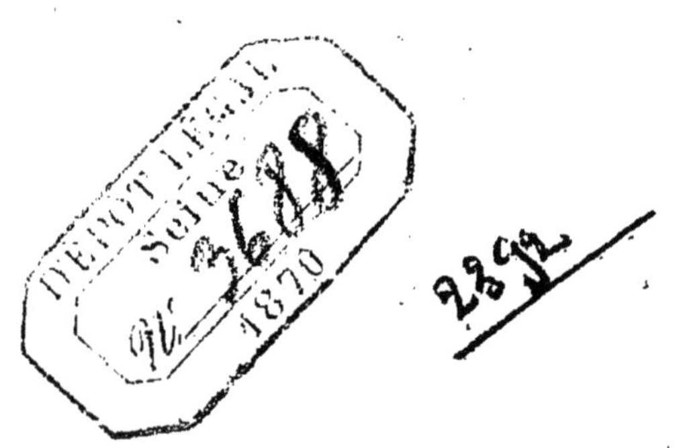

PARIS. — E. DE SOYE, IMPRIMEUR, PLACE DU PANTHÉON, 2.

PREMIÈRE BIBLIOTHÈQUE
UNE POIGNÉE DE CONTES
PAR Mme H. BECCHER-STOWE
TRADUCTION
DE Mme LÉONTINE ROUSSEAU
PARIS
BAZIN ET GIRARDOT, ÉDITEURS
RUE SAINT-JACQUES, 174
HASSEVENT

PRÉFACE

Nous prions nos chers lecteurs de ne pas s'effrayer de ce mot « PRÉFACE »; celle-ci s'adresse à leurs parents. Elle est d'ailleurs si courte, si intéressante, que nous avons cru devoir la conserver.

L. R.

NOTRE CHARLIE

I

Quand la flamme du foyer monte, tombe et vacille dans notre charmante retraite du soir, on voit, sur le mur, danser une petite ombre au nez retroussé, une petite ombre qui est en quelque sorte un des meubles de la maison, une petite ombre affairée, un spécimen du mouvement perpétuel, et celui à qui appartient cette ombre, c'est *Notre Charlie*.

Nous ne nous occuperions pas de Charlie ni de ses habitudes, si son individualité appartenait exclusivement à notre famille ; mais *Notre Charlie* se retrouve partout ; il a existé depuis que le monde est monde et s'appelle de mille noms divers. Sans nul doute, Willie, Harry ou Georgie sont pour l'Angleterre les représentants du remuant faiseur d'ombre aux joues roses, au nez retroussé. En France, il s'appelle Pierre, Charles ou Léonce ; en Italie Carlino ou Francisco ; en Allemagne Max ou Wilhem ; en Chine c'est le petit Ling-Fung dont la tête est ornée d'une longue queue soyeuse ; mais partout, chez tous les peuples, c'est le même lutin domestique. Bref, nous prenons « Charlie » dans un sens générique et nous parlerons de lui comme d'une miniature, d'un abrégé de l'homme fait, jouant dans l'ombre du foyer les mêmes rôles que les hommes jouent sérieusement dans le cours de la vie. Charlie est une sorte de miroir à l'usage des grandes personnes. Elles peuvent y lire comment, pourquoi arrivent ou n'arrivent pas certaines choses, elles peuvent y découvrir même quelquefois des nuances, des rayons, des lueurs d'action où se trouvent plus de sagesse que ne leur en enseigne le rude combat de la vie.

« Notre Charlie » est généralement considéré comme un petit roquet paresseux, dont les occupations très-peu logiques, très-peu importantes peuvent être différées ou abandonnées à loisir pour n'importe qui ou pour n'importe quoi. Mais le monde est, en cela comme toujours, dans une grave erreur. Nul homme, plus que Charlie, n'est occupé d'affaires, n'a plus besoin de prudence, d'énergie, de tact pour mener à bien ses projets en présence de tous les obstacles que les grandes personnes lui opposent incessamment.

N'a-t-il pas des vaisseaux à construire et à faire naviguer ; de vastes machines pour créer des étangs ; des docks dans toutes les mares ou dans chaque ruisseau, où ses vaisseaux seront mis à l'ancre ? Ses poches ne sont-elles pas pleines de matériaux pour fabriquer des voiles et des cordages ? Hélas ! tout cela, comme un homme du monde qu'il est, ne le satisfait pas : il veut avoir un chemin de fer à lui. Voyez-le, un sifflet de locomotive a vibré dans le voisinage, il a senti soudain s'éveiller en lui une émotion inquiète. Quelque jour il formera un train de toutes les chaises attachées, il prendra pour locomotive votre table à ouvrage, et quant au sifflet ce sera lui-même.

Il inspecte les étalages des boutiques de jouets d'enfants, il cherche à plaire aux marchands, et quand il approche sa bouche de l'oreille de son père, il lui révèle qu'il a vu dans tel ou tel magasin une locomotive qui, une fois montée, court toute seule et ne coûte presque rien ! Papa ne pourrait-il pas l'acheter pour son Charlie ? Papa, — comme tous les papas, passés, présents et futurs, — sort sans rien dire et achète la machine, tout en sachant bien que dans une semaine elle sera brisée.

Oh ! alors quel enchantement pour Charlie, il possède sa locomotive ! La précieuse cheminée noire dort sous l'oreiller de son heureux possesseur, qui veut la toucher même pendant la nuit pour être sûr, à son réveil, que l'objet de sa joie ne s'est pas évanoui ! Il fatigue à en mourir tous les gens de la maison, avec son jouet, et cela aussi ingénument que font les grandes personnes avec leur dada. Hélas ! bientôt toute cette ardeur est épuisée. L'objet chéri a ses défauts. Charlie démonte pièce à pièce sa machine afin de la faire mieux marcher, il s'aperçoit bientôt, mais trop tard, qu'il ne peut plus la remonter, il la jette alors de côté pour se faire une nouvelle locomotive avec une brouette endommagée et quelques douves de barriques!

Cherchez bien dans vos souvenirs, mon frère, ou vous, ma sœur, et voyez, si parvenus tous deux à l'âge de raison, vous n'agissez pas souvent ainsi? Vos amitiés, vos amours durent-elles aussi longtemps que le jouet de Charlie? D'abord l'enthousiasme, puis la satiété, le mécontentement, la rupture et enfin toutes vos tendresses, tous vos sentiments jetés dans l'abîme de l'oubli, perdus! Combien d'idoles sont couchées dans la boîte des jouets d'autrefois?

Serait-il donc hors de propos de vous conseiller, quand vous trouverez un défaut dans le prochain objet de vos affections, de voir avant de le mettre en pièces, si vous pouvez le reconstruire et si ce que vous appelez un défaut n'est pas une partie même de son organisation, de sa nature? Une locomotive en fer-blanc ne peut en aucune façon, et quelque remaniement qu'on lui fasse subir, traîner une demi-douzaine de chaises dans votre salon, mais elle peut rester un jouet fort agréable pour l'usage auquel il est destiné. Pour vous et pour Charlie il y a là peut-être quelque chose à apprendre.

Dans le cours de ses affaires, de ses occupations multiples, Charlie a, comme nous l'avons dit, des épreuves à subir. Il peut à peine suffire à ses travaux, tant sont nombreuses d'intempestives interruptions. D'abord quatre heures d'école qu'il lui faut prendre sur la meilleure partie de la journée, quatre mortelles heures durant lesquelles il pourrait construire des vaisseaux, des digues, ou faire courir des trains de chemins de fer. Et on l'oblige à quitter toutes ses affaires, souvent dans une situation fort précaire, pour accomplir l'insignifiante cérémonie à ses yeux, de lire et d'écrire. Revenu à la maison, il s'aperçoit que la femme de chambre a jeté au feu son mât de misaine, que sa maman a mis ses voiles de perroquet dans le sac aux chiffons; qu'enfin toutes ses entreprises sont dans un état désespéré !

Il résulte de tout cela qu'il est parfois terriblement misanthrope; le monde entier semble conspirer contre lui ! Il s'indigne d'être si souvent dérangé au milieu de ses sérieuses occupations et d'avoir l'esprit distrait par mille choses frivoles.

Le voilà courant dans un corridor, tout essoufflé, les mains pleines de clous, de ficelles et Mary l'arrête pour brosser ses cheveux ; dans un moment d'enthousiasme, on l'interrompt pour qu'il se lave les mains avant le dîner ! Ou bien encore, — ce qui est pour lui la pire des abominations, — il faut qu'il mette ses plus beaux habits, parce qu'on attend de la compagnie, et cela, juste au moment où il achève ses préparatifs pour lancer un navire dans la pièce d'eau. Se laver les mains, la figure, s'habiller sont pour lui choses méprisables et tout à fait hors de sens. Il est secrètement sceptique sur l'utilité qu'il y a d'aller à l'école et d'apprendre à lire. Sans aucun doute, il a foi dans son papa et dans sa maman, quand ils lui parlent des avantages futurs et inconnus qui l'attendent lorsqu'à force de travail il sera devenu un « grand homme ; » mais la réalité du moment, pour lui, ce sont ses bricks, ses sloops, ses ficelles, ses hameçons, ses vieux bouchons, ses wagons brisés, et par-dessus tout ses nouveaux patins. Il sait ce que disent Tom White et Bill Smith, ses camarades; aussi suit-il sa voie plutôt guidé par les yeux que par la foi.

Hélas! l'enfant est père de l'homme! Arrivé à l'âge de raison il lui faudra les grands jouets dont ceux d'aujourd'hui sont les emblèmes. Il croira à ce qu'il voit, à ce qu'il touche : aux maisons, aux terres, aux actions de chemin de fer. Sa croyance en ces choses sera réelle, sérieuse. Et quand les épreuves de la vie se rencontreront sur son passage, l'arracheront à ses chères affaires, brûleront ses gros vaisseaux, briseront ses larges wagons, alors l'homme se plaindra, murmurera, s'étonnera, comme fait aujourd'hui le petit homme de dix ans. Dieu prépare l'avenir, l'enfant ne s'occupe que du présent. Et cela dure toute la vie jusqu'à ce que la mort fasse de l'enfant un homme.

Cependant notre Charlie, malgré ses défauts, est après tout un assez bon chrétien. Comme vous, mon frère, il a ses bons moments quand, assis et calme, il écoute ce qu'on lui dit de Jésus. Ses joues rougissent, ses yeux s'emplissent de larmes, son cœur se gonfle; il se croit sûr d'être désormais toujours bon; jamais plus il ne méritera de reproches. Il se tiendra tranquille pendant qu'on peignera ses cheveux ; il viendra au premier appel de sa mère ; ne se fâchera plus contre sa sœur Katy. Il se repent d'avoir tourmenté sa grand'maman, d'avoir donné une migraine à sa mère. Il est sûr d'avoir maintenant triomphé de tous ses défauts. Comme les Israëlites sur les bords de la mer Rouge, il contemple ses ennemis spirituels gisant sur le sable. Mais demain, dans une heure même, que deviendront ses bonnes résolutions? Absolument ce que deviendront les vôtres lundi prochain !

Avec tous ses défauts notre Charlie peut nous enseigner une chose que nous avons depuis longtemps oubliée : Quand Jésus voulut apprendre à ses disciples ce que c'est que la foi, il plaça un enfant au milieu d'eux. Nous ne pensons pas que cet enfant fut un de ces prodiges dont on écrit la vie, mais un enfant ordinaire avec ses sourires et ses larmes, ses malices et ses qualités ; un enfant pouvant servir d'exemple non en raison de vertus exceptionnelles, mais universelles. Voulez-vous étudier la foi? Prenez « votre Charlie » pour instructeur.

1.

Voyez la foi qu'il a en vous. N'est-il pas convaincu que vous êtes possesseur de richesses immenses, d'une sagesse infinie, d'une force illimitée? N'est-il pas certain de votre amour pour lui, au point qu'il n'a pas même l'idée que vous puissiez le repousser? Hésite-t-il à vous questionner sur toutes les choses divines et humaines? Votre parole n'a-t-elle pas plus de poids pour lui que celle des plus sages de la terre? Vous pouvez le faire douter de ce que voient ses yeux, de ce qu'entendent ses oreilles, tant est profonde sa foi en vous. Vos gronderies, vos regards sévères ne le font même pas douter de votre amour! Bien que parfois, quand vous le contrariez trop vivement il se fasse en lui une petite révolte, l'impression s'efface peu à peu et une heure s'est à peine écoulée, que son cœur vous revient sans réserve, il se jette dans vos bras babillant et heureux!

Soyez seulemeut envers Dieu ce que Charlie est envers vous, et la petite ombre du foyer, cette petite ombre au nez retroussé n'aura pas en vain dansé dans votre salon.

II

Que ferons-nous de notre Charlie?

Oui, c'est là la vraie question! Le fait est qu'il ne semble pas y avoir pour lui dans le ciel et sur la terre une place qui soit sûre et convenable; pas une, hormis son lit! Quand il dort, au moins, nous avons l'esprit en repos; nous savons où il est et ce qu'il fait. Le sommeil est pour lui un état de grâce! Mais, à peine levé, joyeux et de bonne heure, il commence à sonner de la trompette, à chanter, à marteler, à se mêler de tout, à questionner sans cesse, bref à troubler la paix de toute la maison, pendant treize heures environ sur vingt-quatre!

On se demande ce qu'on pourra faire de lui? Chacun comprend qu'il lui est impossible de rester où se trouve Charlie. La cuisinière ne peut le supporter dans sa cuisine. Il y met l'office sans dessus dessous pour prendre la farine dont il a besoin pour faire ses cerfs-volants; ou bien il s'empare d'une casserole neuve pour y fondre du plomb. Il va dans le bûcher, remue le bois et en fait tomber une pile sur sa tête. Vous l'envoyez dans le grenier, et vous croyez alors avoir résolu le problème; vous avez ouvert, au contraire, un vaste champ à son activité en le lançant ainsi au milieu des caisses, des sacs de voyage, des barils, de tous les objets de rebut jetés là. Vieux paquets de lettres, vieux journaux, malles remplies des objets les plus divers et les plus mélangés, sont aussitôt remués, fouillés à faire croire au retour du chaos et de l'antique nuit. Il voit pour toutes ces choses des usages sans nombre; et le voilà occupé à marteler, à fendre, à scier ou à raboter. Il roule les caisses, les barils de tous côtés pour construire des villes, des rail-ways; et fait un tel sabbat enfin, que chacun dans la maison, même au premier étage, en a mal à la tête, et il est unanimement déclaré que Charlie ne peut demeurer plus longtemps au grenier.

Vous envoyez Charlie à l'école, dans l'espoir d'être enfin débarrassé de lui pendant quelques heures ; mais il vous revient plus bruyant, plus remuant que jamais, ayant appris de vingt autres Charlies quelque moyen particulier pour vous étourdir, moyen sorti du cerveau de petits êtres chez qui la vie surabonde : Charlie peut danser comme Jim Smith; faire claquer ses lèvres comme Joe Brown; Wilt Briggs lui a appris à imiter les miaulements du chat et il rentre à la maison en poussant un nouveau cri de guerre inventé par Tom Evans. Il se sent fort et vaillant; il a appris qu'il est un garçon ; il sent en lui une immense puissance, un immense savoir; plus que jamais, il méprise toutes les conventions gênantes de la vie de salon. Bref, Charlie devient, de plus en plus, un obstacle à la tranquillité des gens paisibles.

Reconnaissons toutefois que si une personne d'agréable humeur veut bien se dévouer exclusivement à lui, lui lire ou lui conter des histoires, il se tiendra tranquille. Mais cette tâche n'a rien d'encourageant, car Charlie avale une histoire comme un chien un morceau de viande. Une histoire finie, il en demande une autre sans éprouver pour vous la moindre compassion. Cette ressource est donc de courte durée, et alors revient la vieille question : « Que ferons-nous de notre Charlie?

Mais, après tout, Charlie ne sera jamais complètement abandonné, car il est une institution, un fait solennel et imposant ! Tout un avenir dépend de la réponse à cette question : « Que ferons-nous de lui? » Plus d'un Charlie tenu à l'écart et négligé est devenu un homme dur et morose. Plus d'un cœur de père saigne parce qu'on a laissé Charlie courir les rues afin que sa mère et ses sœurs pussent écrire des lettres et jouer du piano. Il y a cependant cent moyens de se débarasser aisément de lui : c'est un esprit qu'il est facile d'apaiser; mais, il y a deux manières d'occuper, d'apaiser cet esprit, et s'il ne l'est pas convenablement, l'enfant reviendra bientôt un homme fort et armé que vous ne pourrez plus éloigner à volonté.

Sa mère et ses sœurs gagneront à lui payer maintenant un léger tribut pour n'avoir pas à lui en payer un terriblement plus lourd dans un temps assez prochain. Ces mots que l'Écriture sainte nous a rendus familiers : « Un *homme* enfant! un *homme* enfant » ont un sens très-profond et qui doit vous donner beaucoup à réfléchir avant de répondre à cette question : « Que ferons-nous de Charlie? »

Aujourd'hui, il est à vos pieds; aujourd'hui, vous pouvez le faire rire ou pleurer, le persuader, le flatter, le manier selon votre bon plaisir. Vous pouvez au récit de bonnes et de nobles actions faire monter les larmes à ses yeux, l'émotion à son cœur; bref vous pouvez en faire tout ce que vous voulez pour peu que vous en preniez la peine.

Mais, jetez un regard sur l'avenir, alors que la faible voix d'aujourd'hui résonnera en notes graves et profondes; que le petit pied sera devenu le pied ferme et solide d'un homme; que le petit menton rond et rose à jolies fossettes sera couvert d'une barbe touffue, et qu'enfin une force virile remplira, animera cette mignonne créature. Vous donnneriez alors le monde entier pour avoir la clef de ce cœur que vous vous êtes fermé, et la puissance de le guider. Mais, si vous perdez cette clef aujourd'hui que Charlie est petit, vous pourrez un jour la chercher en vain! Les vieilles ménagères ont leur proverbe qui peut s'appliquer à cette situation : Une heure perdue le matin ne se retrouve plus dans le cours de la journée!

Il faut remarquer une chose dans Charlie : tout remuant, tout bruyant qu'il soit, malgré son peu de respect pour les tapis et les belles manières de salon, il est cependant une petite créature sociable, car il veut être dans le lieu même où est la famille. Si confortable que soit pour ses ébats une chambre solitaire, il ne s'y plaît pas à l'heure où la famille est réunie dans une autre. Quand il entend la voix des personnes qui sont au salon, la pièce dans laquelle il joue, lui semble froide et désolée; elle peut être éclairée au gaz et chauffée par un brasier, cela ne suffit pas, car ce qu'il faut à Charlie, c'est une lumière *humaine*, une chaleur *humaine!* Autrement il a froid. Il est impatient d'apporter dans le lieu où vous êtes, tous ses jouets et de s'amuser avec vous! Il est curieux d'entendre la conversation, bien qu'il ne la comprenne guère. Il vous répétera vingt fois la promesse qu'il ne commettra aucune des mille peccadilles défendues au salon, si vous lui permettez d'y rester.

Cet instinct de l'enfant est un avertissement de la nature, un avis de Dieu même. Combien de mères ont négligé cet avis parce qu'il était ennuyeux d'avoir près d'elles leur enfant, qui plus tard ont ardemment désiré, mais en vain, de retenir à leurs côtés leur fils devenu homme! Mais, l'homme s'en éloigne. Repoussé, s'entendant appeler sans cesse tapageur, maladroit, importun, insupportable, l'enfant cherche et trouve enfin sa société dans les rues, à travers les chemins, le long des haies où il court si bien, que le jour arrive où les parents sentent et comprennent qu'il leur manque un fils, les sœurs, un frère. Mais alors, sa vue les effraie. Quelle figure! quelle tenue! Il est noir, poudreux, barbouillé comme les camarades qu'on l'a condamné à chercher. Croyez bien, mères et sœurs aînées, s'il vous paraît trop pénible de garder Charlie auprès de vous, il se trouvera peut-être pour lui des lieux que n'éclairera aucune lumière amie, que ne chaufferont jamais les feux de l'amitié; des lieux où *celui qui toujours a quelque mauvaise occupation pour les mains oisives* aura soin de lui si vous le repoussez. Vous pouvez planter un arbre ici ou là, et il croîtra pendant que vous dormirez, mais il n'en est pas ainsi pour un fils. Il faut vous donner de la peine pour lui, un peu de peine, maintenant ou beaucoup, plus tard.

Gardez-le près de vous, au moins une partie de la journée. Mettez de côté votre livre ou votre ouvrage pour lui conter une histoire ou lui faire une lecture. Imaginez quelque amusement paisible à la maison, car il est mauvais pour lui de pouvoir à loisir troubler la paix de la famille. Un crayon, une feuille de papier, quelques modèles de dessin vont le tenir près de vous des heures entières. Il peut construire, dans un coin de la chambre, une maisonnette sans troubler personne et si parfois il vous dérange, pesez dans votre esprit quel est le plus grand mal : être troublé par lui en ce moment ou lorsqu'il sera devenu un homme.

La meilleure chose que vous puissiez donner à votre Charlie, père et mère, si vous êtes d'honnêtes gens, c'est *votre présence*, car Dieu ne fera rien sans vous.

Assignez-lui donc dans la maison et près de vous un lieu, un endroit où il puisse, sans gêner personne, marteler, broyer et faire tout le désordre qu'exigent ses occupations. Si cela vous gêne, pesez bien quel est le mieux de lui ménager cet asile sûr ou de courir la chance de lui en voir trouver un dans la rue.

Un des meilleurs moyens que nous ayons trouvés pour amuser Charlie, est de lui donner quelques tablettes qu'il appellera fièrement une armoire. Alors il ramasse des coquillages, des cailloux, des pierres, tous les bibelots quels qu'ils soient. Cela fait, si vous lui donnez une paire de ciseaux, un peu de gomme liquide, il va étiqueter pendant des heures entières une infinité d'objets divers qu'il trie, classe, arrange à son gré. Une bouteille de gomme est pour Charlie d'un usage sans prix. Peu importe que cette gomme reluise sur son nez, sur ses habits, pourvu qu'il ne fasse rien de pis. Une boîte à couleurs, quelques gravures à colorier sont encore un passe-temps fort agréable, et si vous lui donnez de la peinture et du mastic pour ses navires et ses chariots, le voilà un homme. Sans contredit, tout cela donne de la peine, et maintenant et plus tard; mais Charlie *doit* donner de la peine, c'est là sa nature, la loi de son être.

Vous avez donc le choix entre une peine salutaire et une autre qui vient un jour, semblable à une tempête, fondre sur vous, et engloutit vos espérances et vos amours !

Que Dieu bénisse le petit lutin et nous inspire ce qu'il y a de mieux à faire avec lui et pour lui !

Les histoires suivantes font partie de celles qui ont aidé une mère tendre à charmer les heures crépusculaires d'*un* Charlie bien-aimé. Elle les donne ici à d'autres mères dans l'espoir qu'elles trouveront quelque plaisir en les lisant à *leurs* Charlies !

L'ENFANT HEUREUX

« Papa, dit Édouard Thompson à son père, tu ne saurais t'imaginer combien de belles choses possède James Roberston ?

— Oh ! oui, reprit le petit Robert, il nous a fait monter hier, pendant que nous étions chez lui, dans une chambre toute remplie de jouets, comme un magasin.

— Il y avait des petits fusils, deux tambours, une trompette et un fifre, dit Édouard, et l'un des tambours était un vrai tambour, cher papa, tout pareil à ceux dont se servent les hommes.

— Et, il avait des petits wagons avec des rails

pour les faire rouler, une locomotive et tout, tout, reprit Robert.

— Et une compagnie entière de soldats de bois, dit encore Édouard.

— Et toutes sortes de pièces d'architecture pour bâtir des maisons, continua Robert.

— Puis, outre cela, papa, dit Édouard, il a un poney vivant ! Il monte dessus pour se promener ; oh ! c'est le plus amusant et le plus drôle de petit garçon que tu aies jamais vu ; il a une si jolie cravache, avec une selle, une bride !

— Vraiment, répondit le père dès qu'il put placer un mot, voilà une énumération enthousiaste et parfaite de tous les biens de votre jeune camarade !

— Oh ! Mais si tu savais, père, nous ne t'en avons pas dit la moitié ! James a encore un jardin plein de fleurs et un jardinier pour le cultiver, de sorte qu'il ne lui donne pas la moindre peine ; et pour surcroît de bonheur il peut disposer de ses fleurs selon sa fantaisie.

— Il possède aussi des lapins et un superbe écureuil gris dans une cage si gentiment arrangée qu'on passerait sa vie à regarder la jolie petite bête faire ses mille et mille tours, un perroquet qui sait parler et rire, qui l'appelle par son nom et raconte cent choses amusantes.

— Eh bien ! dit le père, voilà selon vous, mes enfants, un très-heureux garçon ?

— Oh ! oui certainement, papa ; comment ne serait-il pas le plus heureux enfant du monde ? répondirent à la fois les deux petits garçons. D'ailleurs, il dit, que sa maman lui laisse faire en toute chose comme il lui plaît.

— En vérité ! reprit le père ; et s'est-il montré toujours satisfait, toujours content durant la journée que vous avez passée auprès de lui ?

— Non ! dit vivement Édouard ; mais il avait quelque raison d'être mécontent, car le matin nous avions projeté d'aller pêcher sur le lac et la pluie est venue contrarier nos projets. James en a été de fort mauvaise humeur.

— Mais j'aurais cru que, d'après l'énumération que vous m'aviez faite, il y avait assez de jouets pour vous amuser tous.

— Sans doute ; mais James prétendait qu'il y avait si longtemps qu'il jouissait de toutes ces choses qu'elles ne l'amusaient plus, dit Robert, il trouve ses jolis jouets vieux et laids, pour la plupart, et assure qu'il est ennuyé de les voir.

— Eh bien ! répondit le père, je crois fort que le sort de James n'est pas tant à envier. J'ai passé, il y a quelque temps, une semaine chez ses parents, je l'ai jugé comme ayant le caractère le plus désagréable et le plus malheureux que j'aie jamais rencontré.

— Oh ! c'est étrange ! dit Édouard ; je suis sûr que je serais heureux si j'étais à sa place.

— Je crois que non, répondit le père, car je pense que c'est la possession de toutes ces merveilles qui le rend malheureux.

— Oh père ! dirent d'une seule voix les deux petits garçons.

— Oui, mes enfants ; je vous expliquerai cela plus clairement une autre fois ; mais avant, comme vous devez venir vous promener avec moi cet après-midi, je vous mènerai voir un petit garçon qui est selon moi un très-heureux enfant.

« Serait-ce ici la maison ? » demanda Édouard à Robert, comme la voiture s'arrêtait devant un *cottage* bruni par le temps.

M. Thompson descendit et les fit entrer avec lui. Ils pénétrèrent dans une très-petite habitation composée de deux chambres seulement. Un enfant maigre et pâle était couché dans l'une d'elles sur un lit étroit et bas; la fièvre avait flétri son visage et ses petites mains croisées sur le lit étaient devenues diaphanes, à force de maigreur. Quelques jouets gisaient cà et là autour de lui, et sur un escabeau placé près du lit il y avait une petite tasse brune ébréchée dans laquelle on voyait quelques pois de senteur, des pieds d'alouette, de la lavande et des soucis d'un jaune éclatant; tout à côté se trouvait une Bible aux feuillets usés et un livre d'hymnes.

Dans la seconde pièce, une femme au front serein, mais dont le regard mélancolique disait les amertumes, repassait du linge, c'était la mère de l'enfant; dès qu'elle vit M. Thomson et ses fils elle s'avança pour les recevoir.

« Eh bien! mon petit ami, dit ce dernier, comment allez-vous aujourd'hui?

— Oh! assez bien, répondit le jeune malade.

— J'ai amené mes fils pour vous voir, » reprit M. Thompson.

L'enfant sourit et leur tendit en signe de bienvenue sa main amaigrie. Edouard et Robert la serrèrent tendrement, puis, se tournant vers leur père, ils le regardèrent avec inquiétude.

« Depuis quand est-il si malade, papa? demanda Robert?

— Il y a plus d'un an, mes jeunes messieurs, répondit la mère; oui il y a un an qu'il ne se lève pas, et quatre mois qu'on n'a pu le retourner dans son lit!

— Oh! que c'est long, mon Dieu! s'écrie Édouard; mais pourquoi ne peut-il se retourner dans son lit, ni se lever?

— Parce qu'il souffre dès qu'il fait le plus léger mouvement.

— Qu'est-ce qu'il a? demanda Robert.

— Le docteur dit que c'est une maladie des os. Il a commencé à souffrir du pied, il y a plus de deux ans; on le lui a coupé dans l'espoir d'arrêter le mal, mais cette opération a été inutile et il a fallu lui couper la jambe au-dessus du genou, et pourtant le mal ne s'arrête pas, il monte, monte toujours! Il souffre horriblement; quelquefois il passe des nuits entières sans dormir et la mort seule le délivrera de ses tortures!

— Oh papa, que c'est affreux! dit Edouard en se pressant près de son père.

— Papa, dit tout bas Robert, je pensais que nous allions voir un petit garçon très-heureux?

— Attends un peu, répondit M. Thompson et tu verras; puis se tournant vers le malade : Mon ami, lui dit-il, vous devez trouver bien fatigant de rester ainsi étendu si longtemps?

— Un peu, monsieur, dit l'enfant avec un sourire; mais je suis si bien soigné, j'ai tant de choses pour me distraire et qui me font plaisir à voir!...

— Quoi, quelles choses?

— Oh! j'ai un couteau dont je puis me servir de temps à autre, ce petit chien de porcelaine qu'une dame m'a donné, je m'en amuse quelquefois; et puis, ne voyez-vous pas mes fleurs? »

L'enfant montrait du doigt un petit parterre qui se trouvait juste devant la porte, dans lequel fleurissaient quelques œillets, des pieds d'alouette, des pois de senteurs et des soucis. Le soin extrême qui présidait à l'arrangement de ce coin de terre en faisait un point de vue charmant pour le jeune malade.

« Ma mère a planté toutes ces fleurs pour moi au printemps, continua-t-il; elle les arrose et les soigne tous les soirs après son travail;

les voilà très-belles et leur vue me repose de mes souffrances. Quelquefois, quand la pluie tombe, ou le matin quand elles sont couvertes de rosée, elles sont si brillantes et si fraîches qu'elles réjouissent l'œil et le cœur ; ma mère m'en fait un petit bouquet qu'elle met dans cette tasse, de sorte que je les ai près de moi toute la journée.

— Mais ne souffrez-vous pas beaucoup ?

— Oui, par moments ; mais alors, monsieur, je sais que c'est pour mon bien que Dieu m'envoie ces souffrances, et je les supporte aussi patiemment que je le puis. D'ailleurs on m'a enseigné que Notre-Seigneur avait bien plus souffert que moi. Ce petit livre, ajouta-t-il en prenant le volume qui était auprès de lui, renferme de belles hymnes à ce sujet, et puis j'ai l'Evangile. Oh! sans ce beau livre si consolant, je ne sais pas comment je pourrais supporter ce que j'endure.

— Mais la gaîté, les jeux des autres enfants que vous voyez autour de vous, ne vous rendent-ils jamais malheureux?

— Non, jamais. Dieu sait ce qui me vaut le mieux ; c'est lui qui m'aide et m'encourage.

J'aime à rester ici pour me recueillir dans sa pensée.

N'avez-vous pas l'espérance de guérir et de pouvoir marcher un peu comme autrefois?

— Non, je sais que c'est impossible; mes jours sont comptés!

— Et vous n'éprouvez aucun effroi à cette funeste appréhension.

— Oh! non, il me semble que j'en suis heureux; la pensée de ma mère que ma mort laissera dans l'abandon m'attriste seule.

— Cher enfant, je voudrais connaître quelque chose qui pût vous faire plaisir, dit M. Thompson, je vous l'enverrais avec bonheur.

— Oh! merci, monsieur; mais je ne manque vraiment de rien, j'ai tout ce que je puis souhaiter.

— Je serais pourtant bienheureux de soulager vos souffrances, mon petit ami, reprit encore M. Thompson.

— Dieu le ferait, j'en suis sûr, si cela devait être pour mon bien, dit l'enfant. D'ailleurs, je crois que je suis plus heureux maintenant que je ne l'étais alors que je me portais bien.

— Ah! Comment? est-ce possible?

— Je n'avais pas autant d'amour pour Dieu et j'oubliais souvent de faire mes prières. Je n'éprouvais pas le même bonheur de m'occuper du ciel, dit le petit garçon.

— Vous vous souvenez, reprit M. Thompson qu'il est dit dans l'Écriture. « Avant d'être affligé, je m'égarais ; mais maintenant, Seigneur, je garde ta parole. »

— C'est cela que j'éprouve, monsieur, dit pieusement l'enfant. Oh ! je me sens très-heureux depuis que je suis malade ! »

En entendant ces mots Edouard et Robert regardèrent M. Thompson qui se leva pour partir.

« Voulez-vous me permettre, monsieur, d'offrir quelques fleurs à vos enfants : elles leur plairont peut-être, car j'ai une belle collection d'œillets et de bien jolies roses, dit le petit malade.

— Oh ! je ne veux pas vous priver de vos fleurs, répondit Edouard.

— J'aime à les donner, reprit l'enfant avec vivacité ; prenez-en quelques-unes, je vous en prie.

— Acceptez, mes enfants ; cela lui fera plaisir, dit tout bas M. Thompson, en cueillant deux roses qu'il donna à chacun d'eux, puis il ajouta tout haut :

« Nous les garderons en souvenir de vous, mon cher petit ami. »

Lorsqu'ils prirent congé du pauvre malade celui-ci sourit doucement et leur tendant sa main diaphane il leur dit :

« Si vous voulez revenir quand mon bouton de rose sera fleuri je vous le donnerai ! »

« Papa, dit Edouard, ce petit garçon semble réellement heureux, et cependant, il est pauvre, malade, infirme, et il n'a presque rien pour se distraire. C'est étrange, mais c'est vrai, il est plus heureux que James Roberston !

— Eh bien ! je puis vous dire pourquoi, répondit le père. C'est parce que James Roberston est un enfant *égoïste* qu'il est malheureux ; du matin au soir, il ne pense qu'à la manière dont il pourra s'amuser. Ses parents ne sont occupés qu'à chercher les moyens de lui être agréables et ne l'ont jamais obligé à vaincre ses défauts et ses volontés ; maintenant, il est devenu si égoïste qu'il est toujours malheureux.

Ce pauvre petit garçon malade, au contraire, est heureux parce qu'il a appris à aimer Dieu par-dessus toutes choses et à trouver son bonheur dans l'accomplissement de la volonté divine. C'est là ce qui le rend si calme. Songez où il en serait aujourd'hui s'il ne mettait pas sa joie à sacrifier sa volonté et à se soumettre à celle du Seigneur.

— Ah ! oui ; pour ma part je crois que j'aurais bien de la peine à être comme lui, dit Edouard.

— Sans doute, mais si comme lui, cher enfant, tu avais appris à tout sacrifier à la volonté de ton Père céleste, comme lui tu accepterais les épreuves qu'il envoie. Cet enfant jouit plus de ses fleurs, de son livre d'hymnes, que James Roberston ne sait le faire de toutes ses richesses. N'oubliez jamais, mes enfants que pour être vraiment heureux il faut avoir le *cœur droit*, et *l'amour du bien;* soyez assurés que le bonheur ne consiste ni dans la possession, ni dans l'accomplissement de tous les désirs.

QUELQUES PAGES DE LA VIE D'UNE FÉE

I

Mon cher jeune ami, puisque je vais vous raconter l'histoire de ma vie, je veux commencer par le commencement et vous dire comment les fées viennent au monde. Vous saurez donc que, lorsqu'à minuit une goutte de rosée tombe dans le calice d'une fleur, si l'atmosphère est sans nuages, la nuit sans tempête, elle absorbe son parfum et de l'essence même de la fleur le premier rayon du soleil forme une fée !

Ce fut par une belle matinée de mai que j'ouvris pour la première fois les yeux et me trouvai reposant au cœur d'une violette qui embaumait de ses suaves senteurs un jardin du Walhut Hills, village situé dans le nord de l'Angleterre.

Ma sœur Lillian, qui avait été désignée par notre reine pour veiller sur moi, m'aida avec bonté à déployer mes ailes et m'offrit une goutte de nectar ; après quoi elle me conduisit au palais de la Souveraine. Je vous ferai une description complète de ce palais en temps plus opportun.

La reine, qui est la plus aimable et la plus belle de toutes les fées, m'accueillit avec un doux sourire et me dit : « Nous vous recevons parmi nous, ma chère Viola ; nous espérons que vous serez très-heureuse au milieu de vos sœurs et que, comme elles, vous répandrez le bonheur et la joie dans quelque lieu que vous soyez. Vous ne sauriez être trop reconnaissante d'appartenir à une race de fées bienfaisantes, plutôt qu'à celle des fées qui tourmentent sans cesse les pauvres mortels. »

Puis elle me donna un pinceau fait de rayons de soleil, une petite fiole d'essence de santé, un sachet de brises et une mante, destinée, me dit-elle, à me rendre invisible à tous excepté aux très-jeunes enfants. « Et maintenant, ma chère Viola, dit la reine, je vais vous laisser avec les fées, mes compagnes et vos sœurs. Prenez grand soin des présents que vous venez de recevoir; Lillian vous dira comment il faut en user. Nous nous réunissons une fois tous les sept jours, sur une île flottante; chaque fée doit alors rendre compte de ce qu'elle a fait depuis notre dernière assemblée. »

Dès que la reine se fût retirée, Lillian me dit que le but de la vie des fées est de faire du bien aux mortels, et qu'un grand nombre d'entre elles prennent sous leur garde spéciale l'enfant d'une pauvre femme que le travail et la misère l'empêchent de surveiller elle-même. Cette idée me plut beaucoup. Comme il est permis à chacune de nous de choisir une amie qu'elle ne quitte jamais, Lillian et moi nous prîmes nos mantes et, devenues soudain invisibles, nous nous mîmes de suite en recherche de quelque pauvre enfant qui pût avoir besoin de nos soins.

Dans un blanc *cottage* du village de R..... se trouvait un pauvre petit *baby* malade, à peine âgé de quatre mois, gisant dans son berceau. Il était seul, car la mère était sortie pour laver, laissant son cher *baby* à la garde de sa fille Mary, qui, bien qu'elle aimât tendrement sa petite sœur Émily, aimait le jeu plus encore et s'occupait, en ce moment-là même, à faire voguer de petits bateaux sur un étang qui se trouvait à quelque distance de la maison. Elle endormait sa conscience en pensant que sans doute le *baby* dormait et que dans tous les cas, s'il criait très-fort, elle pouvait l'entendre et s'empresserait alors de courir près de lui.

Lorsque nous arrivâmes au *cottage,* le visage de l'enfant était humide de larmes et la pauvre petite avait l'air si malheureux, elle semblait si délaissée qu'elle devint à l'instant notre favorite. Ses larmes se séchèrent bien vite au contact de nos ailes; nos danses et nos chants apaisèrent ses cris; elle suça sur nos doigs du sucre des fées et s'endormit profondément. Je traçai sur ses paupières closes quelques peintures avec mon pinceau magique afin que de beaux songes vinssent bercer son sommeil et, laissant pour quelque temps notre enfant d'adoption, nous reprîmes notre vol vers un pauvre oiseau qu'un méchant enfant avait blessé à l'aile et qui ne pouvait aller chercher sa nourriture.

La petite Émily s'éveillait comme nous revenions auprès d'elle. Sa mère, qui était de retour, lui préparait un peu de lait ; j'y laissai tomber quelques gouttes de l'essence que m'avait confiée la reine ; non-seulement cette essence rendit le lait plus agréable au goût, mais ajouta encore à ses qualités fortifiantes. Aussi quand Émily en eut pris ainsi deux fois par jour pendant deux semaines, elle devint blanche comme un lys et fraîche comme une rose, à la grande surprise des voisins, qui avaient souvent prédit que mistress W., n'éleverait jamais cette enfant.

Mistress W. se demandait a elle-même avec étonnement ce qui rendait par moments les yeux de sa chère petite fille si brillants, si beaux, et pourquoi elle semblait si joyeuse et si calme. « Bénie soit cette enfant ! disait-elle ; souvent elle reste éveillée dans son berceau une heure entière, se parlant à elle-même comme si ses yeux voyaient ce qui reste invisible aux miens ; elle se met ensuite à chanter d'une façon étrange, puis elle s'endort tranquillement sans qu'il soit besoin de la bercer. Elle devient si forte qu'elle peut déjà se soulever seule de son lit. Mary m'a dit que quelquefois, quand je rentre plus tard que de coutume, elle commence à se fâcher un peu, puis elle s'apaise soudain et reste calme comme un agneau jusqu'à ce que je revienne. Tenez, dans ce moment même, voyez comme elle sourit en dormant. Autrefois quand je la voyais ainsi, je croyais qu'elle souffrait et ce sourire me semblait une contraction des lèvres.

— Ah! comme vous vous trompez, dit une bonne femme irlandaise; ce sont les anges qui parlent tout bas à ces doux bien-aimés. Je suis sûre de la vérité de ce que j'avance, car je l'ai entendu dire moi-même par un bon prêtre. »

On se mit à sourire, pensant que la digne femme faisait mention d'une superstition irlandaise.

« Eh bien! mistress W. pour ma part, dit une autre voisine, je suis très-contente que l'enfant aille si bien; j'espère quelque bonne fortune pour vous. Je le disais à ma Mary lundi, — lundi ou mardi, je ne sais plus; allons, c'était bien lundi, le jour où ma fourchette tomba et s'enfonça tout droit dans le plancher, — je disais donc : Tiens, Mary, il va certainement arriver quelque bonne fortune à mistress W. Elle s'en va, son tablier par derrière, cette après-midi ; la nuit dernière elle a vu la lune par-dessus son épaule droite ; ce qu'il y a de meilleur, c'est que mon vieux père la lui a montrée ; cela est un signe certain de bonheur et de fortune ! »

Pauvres mortels ignorants ! jamais ils n'ont songé aux fées bienfaisantes qui venaient jouer avec l'enfant, couvraient ses petits doigts de brillants anneaux, peignaient pour lui seul, sur leurs petites mains mignones, des oiseaux fantastiques, des fleurs merveilleuses, et chantaient à ses oreilles charmées des concerts divins. Mais j'entends les clochettes d'argent de notre chère reine, il faut que je cesse un moment d'écrire pour me rendre auprès d'elle en toute diligence.

La petite Émily continuait à croître par nos soins et à embellir chaque jour, si bien que, lorsqu'elle eut un an, c'était la plus charmante enfant qu'on pût voir. Ses yeux pleins d'éclat avaient la couleur de ma fleur natale, ses cheveux, que Lillian et moi frisions durant son sommeil, tombaient en boucles brillantes autour de son doux visage et sur son petit cou blanc comme l'albâtre. Pour lui donner l'amour de la propreté, nous nous faisions invisibles dès qu'elle avait sali ses mains. Nous lui retirions ainsi ses anneaux et ses images, qui reparaissaient aussitôt que ses mains étaient bien lavées. Sa mère et sa sœur s'étonnaient de l'empressement avec lequel elle s'écriait : « Lavez-moi, lavez-moi, » dès qu'elle avait mis une tache à sa robe ou à ses mains blanches. On l'appelait « la petite dame » à cause du soin qu'elle prenait de sa personne. Tout le monde l'aimait et l'admirait. Elle commença, vers ce temps, à marcher seule ; Lillian et moi fûmes alors plus occupées que jamais. Sans cesse nous la suivions munies d'un léger oreiller pour la préserver de toute contusion, chaque fois qu'elle tombait.

Un jour que miss Mary était très-sérieusement occupée à découper, dans un patron de bonnet oublié par sa mère, des poupées de papier pour amuser Emily, nous trouvâmes la petite fille à quelque distance de la maison, s'en allant aussi vite que ses pieds mignons le lui permettaient, en quête d'aventures. Une voiture lancée à toute vitesse passa si près d'elle que nous ne pûmes la sauver d'une mort certaine qu'en touchant de nos ailes les oreilles du cheval, le forçant ainsi à se détourner un peu.

Bientôt après elle arriva le long d'un étang. Elle allait y descendre pour voir le joli Baby dont l'image se jouait dans les eaux, et regarder les petits poissons, si je n'avais bien vite appelé son attention d'un autre côté, en prenant sous ses yeux la forme d'un papillon qu'elle essaya de saisir. Je la ramenai ainsi saine et sauve à la maison où était encore la fidèle Mary, toujours plongée dans ses découpures.

Mrs W... était trop pauvre pour acheter des jouets; mais, grâce à nous, notre petite protégée n'en manquait pas. Lillian s'amusait à peindre les chiffons que Mary liait les uns aux autres et les rendait ainsi, aux yeux de la petite Emily, plus beaux que la plus magnifique poupée. Un petit morceau de bois qu'on traînait avec une ficelle était pour l'enfant une superbe voiture aux moëlleux coussins, aux vives couleurs! Nous embellissions tout ce qui servait à ses jeux et nous faisions de sa vie de petite fille une suite non interrompue de jours pleins de soleil!

Mais je ne voudrais pas vous laisser croire,

mes jeunes amis, que nous n'étions occupées que d'un seul enfant ; oh ! non. Nous jouions avec les oiseaux et les papillons, nous dansions au clair de la lune avec les fées, nos sœurs, et nous rendions une multitude de bons offices aux hommes, aux animaux, aux insectes ! Par un jour brûlant du mois d'août nous trouvâmes, gisant dans la poussière de la route, un pauvre voyageur mourant de fatigue et de chaleur. Aussitôt nous commençâmes, ma compagne et moi, à imiter le chant de la grive, pour attirer son attention vers un bosquet où se trouvait un banc de mousse et un ruisseau d'une limpidité parfaite. Tandis qu'il buvait nous laissions tomber dans sa coupe quelques gouttes de notre précieuse essence et nos aîles lui formaient comme un éventail.

« Quelle agréable brise ! dit-il, et s'étendant doucement sur le banc de mousse, il ne tarda pas à s'endormir d'un sommeil rafraîchissant. Nous peignîmes alors sur ses paupières une représentation exacte du palais et du jardin de notre reine, puis nous le laissâmes jouir de son rêve.

Le lendemain matin une surprise nous attendait chez Mrs W..., nous fûmes agréablement frappées de voir que notre voyageur était le frère aîné d'Emily. Il avait fait son apprentissage dans une ville éloignée et revenait au logis pour assister par son travail sa mère et ses petites sœurs. Il était assis, Emily sur ses genoux, il contemplait avec une orgueilleuse tendresse les yeux brillants, la chevelure bouclée de la petite fille, et racontait à sa mère et à Mary un beau rêve qu'elles écoutaient toutes deux avec attention. Il achevait son récit au moment où nous arrivions dans la maison ; mais comme je connais ce rêve mieux encore que lui-même, je vais vous le redire. Vous saurez alors de quelle manière vit la belle reine des fées.

II

Je m'étais couché sur un banc de gazon pour me reposer, car j'étais accablé de fatigue, quand tout à coup la terre sembla s'entr'ouvrir sous moi. Je tombai si bas, si bas que j'eus le vertige, et je me croyais déjà perdu dans des abîmes sans fond, lorsque je me trouvai au milieu d'un bosquet plein d'ombre et de silence. Les arbres et le gazon mêlés çà et là de fleurs et de fruits étaient du plus beau vert; des oiseaux au brillant plumage remplissaient l'air de leurs chansons, et des brises délicieuses agitaient autour de moi ces feuillages légers. J'errai quelque temps dans ces lieux charmants. J'arrivai ainsi à un lac clair comme le cristal. Le fond était garni de belles écailles et de pierres précieuses; des milliers de petits bateaux, faits de perles et de feuilles de roses voguaient sur ses eaux azurées, et dans chacun d'eux il y avait une belle petite fée.

Au milieu de ce lac on voyait une île flottante, qui semblait venir vers moi et que je trouvais de plus en plus belle à mesure que je l'examinais davantage. C'était un amas de mousse et de fleurs ombragées par de tout petits arbres, qui étaient la représentation exacte de ceux que j'ai déja décrits. Ces arbres et ces fleurs étaient sans cesse agités par le vol des oiseaux-mouches et des papillons : au centre de cette île s'élevait un délicieux palais circulaire. Il était blanc comme le plus pur albâtre, délicat comme la feuille de rose, et si transparent que je pouvais voir distinctement tout ce qui se passait à l'intérieur. Le toit du palais avait la forme d'un lys renversé dont les pétales étaient bordés de rubis, d'émeraudes et de toutes sortes de pierres précieuses ; il était soutenu par des piliers de perles, autour desquels s'enroulaient des branches de roses toujours fraîches, de la grosseur à peu près d'un « Ne m'oubliez pas ! » Les minces tiges vertes des vignes et le vif éclat des roses contrastaient d'une façon charmante avec la blancheur immaculée du palais. La souveraine de ce beau logis était la reine des fées : rien n'égalait la grâce, le charme,

3.

l'élégance, la distinction de cette délicieuse petite créature. Elle semblait fort occupée à tresser, avec ses dames d'honneur et ses suivantes, une quantité infinie de couronnes et de guirlandes, ce qui me fit supposer que Sa Majesté préparait une fête. Tandis que je me tenais ainsi étonné et admirant, une clochette d'argent se fit entendre ; aussitôt chaque petite nacelle s'avança vers l'île et les fées vinrent entourer leur reine qui, assise sur son trône de porphyre, invita d'un geste plein de noblesse et de grâce chacune des fées à dire comment elle avait employé son temps depuis leur dernière réunion.

Puis Sa Majesté prononça un discours dans lequel elle leur exprima le bonheur qu'elle éprouvait en voyant combien elles avaient été bonnes, diligentes, dévouées, désintéressées et soigneuses du bonheur des autres : O continuez, mes bien-aimées, dit-elle en finissant, à être toujours ainsi parfaites et bonnes. Mêlez-vous aux mortels, et faites-leur tout le bien que vous pourrez ; mais gardez-vous pures de leurs fautes et de leurs folies, car si l'ombre seule de l'envie, de la jalousie ou de quelque autre mauvaise passion entrait jamais dans ce royaume, c'en serait fait pour toujours de notre bonheur. Ensuite elle remit à chacune d'elles soit une couronne, soit une guirlande de myrthe et de boutons de roses, puis elles se préparèrent à danser. M'oubliant alors moi-même, je fis soudain un léger mouvement, aussitôt l'île, le palais, les fées, tout disparut. Je m'éveillai et je me trouvai, au soleil couchant, à trois milles de la maison reposé et rafraîchi, gardant à jamais au fond de mon cœur le souvenir de mon beau rêve.

III

Mistress W. était ravie de ce songe ; elle savait, disait-elle, qu'il porterait bonheur à son fils, et qu'elle ne serait nullement étonnée s'il trouvait, ce jour-là même, un bon et lucratif emploi, car elle avait toujours entendu dire que c'était signe de bonheur que de rêver des fées. Ce jeune homme, connu pour être honnête et actif eut en effet bien vite de l'ouvrage, Tout alla donc bientôt parfaitement au pauvre *cottage*. Le petit jardin fut replanté et entretenu, on acheta une vache, et mistress W. n'alla plus laver au dehors qu'une fois par semaine et pour ses propres besoins ; Mary put aller à l'école ; toute la famille eut des vêtement neufs. Un jour, Émily — elle avait alors trois ans — trouva quelques feuillets d'un vieil alphabet ayant appartenu à Mary, j'en peignis les lettres avec mes pinceaux magiques et je les rendis si jolies à ses yeux, qu'elle en fut enchantée et les apprit très-promptement. Lillian et moi avions acquis, en accompagnant les petits enfants à l'école, une connaissance parfaite de l'anglais, de sorte que nous n'éprouvions aucune difficulté pour l'enseigner à Émily. Peu à peu, et à mesure qu'elle avançait en âge, nous nous éloignions de sa vue, mais nous continuions à rendre brillant tout ce qui était en contact avec elle, et sans cesse nous étions occupées à faire germer dans son esprit des pensées douces et agréables. Nous lui apprenions à être obéissante, active et bonne pour les animaux. Lorsqu'elle faisait quelqu'action digne de louange, nous nous sentions payées de tous les soins qu'elle nous avait coûtés. Elle avait quatre ans, quand son frère la vit un jour tenant un livre qu'il avait oublié de serrer. Sa surprise ne connut plus de bornes lorsqu'il s'aperçut qu'elle savait lire; nul ne pouvait expliquer comment elle avait appris. Mary se souvenait bien de l'avoir vue ramasser peu de temps auparavant son vieil alphabet; elle lui avait même une fois demandé le nom des lettres, mais c'était tout. Mistress W. avait bien vu l'enfant jouer avec un livre; cependant elle ne pouvait se douter qu'elle y apprît à lire; et quand on interrogea Émily pour savoir qui le lui avait enseigné, elle leva ses grands yeux de l'air le plus surpris, et répondit tout doucement : « C'est le joli livre. »

Les choses allèrent ainsi au *cottage* jusqu'à ce qu'Émily eût six ans. A cette époque, quelques dames de Londres, qui passaient l'été à la campagne, ayant fondé une école du dimanche, les deux filles de mistress W. s'y rendirent. Elles apprirent là de si belles choses que la meilleure et la plus savante des fées n'aurait pu les leur enseigner!

Elles entendaient parler du grand Créateur et du Sauveur du monde, puis de cette demeure céleste qu'il a préparée à ceux qui l'aiment. Le royaume des fées n'est rien, comparé à ce brillant séjour!

Émily, qui était plus que jamais la bien-aimée, l'orgueil de la famille, passait des soirées entières assise entre sa mère et son frère Georges, répétant des hymnes et des vers qu'on lui avait enseignés, ou leur lisant des passages de l'Écriture. Alors les choses de ce monde s'effaçant à leurs yeux, le ciel et l'éternité leur semblaient le seul but digne des efforts de la vie.

Deux heureuses années s'écoulèrent ainsi lorsque, sans aucune cause visible, Émily commença à dépérir. Elle devenait plus faible de mois en mois, quoique Georges appelât pour la soigner les meilleurs médecins et que rien ne fût épargné pour lui rendre la santé ; mais ce fut en vain : « Je m'en vais, mère chérie, disait-elle, je vais auprès de ce cher Sauveur qui aime tant les petits enfants. Je serai sage là-haut, mère, toujours sage, je ne vous oublierai pas ; je vous aimerai toujours, Mary et mon frère Georges aussi ; puis vous viendrez bientôt tous me rejoindre, et nous serons heureux ensemble ! »

C'était un spectacle touchant de voir la bonté, la tendresse qui unissaient chacun des membres de cette pauvre famille dans cette commune douleur. Que de fois Georges, après un jour de pénible labeur, allongea sa route d'un mille pour rapporter soit une orange, soit un joujou à sa chère petite sœur ! Avec quel amour il la prenait dans ses bras pour la promener autour de la chambre afin de soulager un instant ses membres fatigués par un trop long repos ! Avec quelle sollicitude Mary, devenue enfin active et soigneuse, surveillait toutes les petites choses que sa mère accablée de douleur aurait pu négliger ! Ils semblaient tous s'oublier eux-mêmes et ne vivre que pour se soutenir et s'entr'aider.

Emily mourut ; elle mourut comme elle avait vécu, dans une douce joie. Le soleil se couchait ; son maître et toutes ses jeunes amies entouraient son lit, désirant ardemment faire quelque chose pour elle, et cependant incapables de la soulager !

« Emily, ma bien-aimée, disait sa mère, que puis-je pour toi ?

— Rien, mère chérie ! murmurait l'enfant ; Dieu est mon maître et mon père, il ne m'abandonnera pas ! Déja, je suis dans la Vallée....... »

Elle n'acheva pas, ses yeux devinrent de plus en plus brillants et avec un sourire qui donnait à son visage une expression angélique, elle quitta la terre !........

Ah ! pour une âme humaine, le bonheur de ressentir, pendant une heure seulement, l'amour qui resplendissait sur ce pâle visage vaut bien tous les plaisirs de la terre des Fées. Emily vivra éternellement pure et sainte, tandis que moi je vivrai et je serai heureuse pour des milliers d'années. Je m'endormirai sans m'éveiller jamais dans le ciel du Dieu Sauveur!

Mon bonheur, l'utilité de ma vie auront une fin, le sien sera éternel.

Lillian et moi avions ainsi pris soin d'un grand nombre de petits enfants, mais jamais nous n'en avions aimé un autant qu'Emily. Sa tombe devint donc pour nous l'objet d'un véritable culte; aussi quand reparut le printemps, ceux qui l'avaient aimée sur la terre furent-ils heureux et surpris de voir que le tertre qui couvrait sa dépouille était garni des fleurs les plus fraîches et les plus parfumées; les violettes, les lys embaumaient l'air d'alentour et donnaient au funèbre enclos un aspect de douce mélancolie.

En ce moment même, Mary, qui est devenue une respectable mère de famille et qui a dans sa maison une autre petite Emily, vient encore soigner les fleurs que nous avons semées il y a tant d'années.

LE RÊVE DE L'ONCLE JERRY

A PROPOS DES LUTINS

Je venais de m'arranger dans mon fauteuil pour faire à la sieste après mon repas, lorsque la porte s'ouvrit brusquement, je vis entrer mon fils et ma fille prêts à se rendre à l'école.

« Papa, me dit Tom, voudrais-tu bien me donner un sou pour acheter un crayon ?

— Encore un crayon ! En vérité, Tom, tu me ruineras. Combien en as-tu eu cette semaine ?

— Deux seulement, papa, et nous sommes à jeudi. J'ai gardé mon dernier deux jours entiers ; je l'aurais encore aujourd'hui ; mais hier, je l'ai laissé en bas une minute pendant que j'étais sorti pour la récréation, et quand je suis rentré, je ne l'ai pas retrouvé. Susy est resté après la classe pour m'aider à le chercher, il est demeuré introuvable. Ce matin j'ai été obligé d'en emprunter un, et de faire mon extrait à la récréation, ce qui fait que je n'ai pas eu de temps pour jouer.

— Ce n'est pas un malheur, cela t'apprendra à avoir de l'ordre. Si j'étais ton maître, je te mettrais en retenue toutes les fois que tu perds ton crayon.

— Alors, je suis bien content que tu ne sois pas mon maître, dit-il d'un air malicieux en mettant la pièce de monnaie dans sa poche, et il s'éloigna doucement de moi.

— Oh! père, tu ne ferais pas cela? dit la petite Suzanne, qui prenait toujours tout au sérieux.

— Vraiment, je ne sais pas trop, chère petite, répondis-je; je crois pourtant que je ne serais pas un maître très-cruel. »

Suzanne parut satisfaite, elle suivit son frère, tandis que, tout en me demandant ce que pouvaient devenir dans le monde les crayons, les canifs, les épingles, les aiguilles perdues, je me trouvai bientôt dans le pays des songes. Il me sembla que j'errais au milieu d'une épaisse forêt de pins; le ciel était couvert de nuages, le vent gémissait dans les branches avec un son lugubre, on n'apercevait pas un sentier, pas la plus légère trace du passage de l'homme.

Soudain j'arrivai à une clairière : là, dans un espace de douze pieds carrés, s'élevait tout un village. Chaque petite maison avait environ deux ou trois pouces; elle se composait de crayons rassemblés en faisceau en forme de cabane et réunis les uns aux autres par de petits morceaux de papier. L'un de ces morceaux de papier qu'un accident avait à demi détaché, ressemblait étonnamment à une des pages perdues de l'alphabet de Tom. Les cheminées étaient de petits dés enfoncés dans la toiture; les murs étaient faits d'aiguilles et d'épingles serrés les unes contre les autres; sur chacune des petites grilles d'entrée on voyait, s'élevant plus haut que le sommet de la maison, une paire de ciseaux grands ouverts. Je demeurai durant quelques minutes dans un silencieux étonnement. Quest-ce que tout cela signifie? pensais-je. Puis, je reconnus soudain les ciseaux que ma femme m'avait prêtés l'autre jour pour me couper les cheveux, le joli petit dé dont Suzanne était si fière, et.... Mais je fus interrompu dans ma nomenclature par un bruit sourd, désagréable, semblable à un croassement de grenouille, et qui paraissait sortir d'un bouquet de sapin près duquel je me trouvais. En regardant de tous côtés, je finis par découvrir deux créatures si difformes et si affreuses qu'elles faisaient mal à voir. Elles avaient environ un pouce dc haut et portaient chacune un sac deux fois aussi grand qu'elles. Ce sac semblait rempli de mille objets divers. Une ceinture qu'elles mettaient et qu'elles ôtaient à volonté les rendait invisibles, je m'étonnai qu'elles ne la portassent pas toujours.

« Eh bien! Wormwood, dit le plus laid, qu'êtes-vous devenu depuis que je ne vous ai vu? Avez-vous fait bien des malices, joué bien des méchants tours?

— Oh! Nightshade, je ne puis certes pas dire que j'aie passé gaiement mon temps. Je ne suis pas encore, vous le savez, bien fait aux coutumes du monde, je n'y ai vécu que deux semaines; et puis, ces habitantes de l'île flottante vous endoctrinent si bien un enfant avec leurs parfums, leurs pinceaux et toutes leurs fadeurs hypocrites, elles savent si bien lui persuader d'être bon, sage, poli, sincère et le reste, qu'il est fort difficile d'avoir le moindre empire sur ces pauvres créatures. Je voudrais que Rosa, Lillian, Viola, toute la bande, — y compris l'île elle-même, — fussent au fond de la mer Rouge, car on pourrait alors avoir quelque chance de réussir. L'autre jour, j'avais trouvé un petit garçon qui regardait avidement une corbeille de pommes mûres, à la porte d'une boutique. « Prends-en une, lui dis-je, prends vite, on ne te voit pas. Allons, ne sois pas si scrupuleux, ce n'est qu'une pomme après tout. » Déjà il s'était avancé. Il en tenait une dans sa main, quand — ma mauvaise chance le voulait sans doute ainsi — Rosa la fée vint à voler par-là et se mit à murmurer à son oreille mille paroles insensées. Aussitôt il laissa échapper la pomme aussi vivement que si c'eût été un fer rouge et s'enfuit. Je vous le dis, Nightshade, c'est une rude et difficile besogne que de décider un enfant à dérober quoi que ce soit quand, d'un autre côté, on lui souffle de bonnes pensées. Je ne me tins pas pour battu, et je le suivis dans sa famille où je passai plusieurs jours; mais ce fut du temps perdu, car bien que les pauvres gens eussent sept enfants, la mère était si vigilante, les enfants si exacts à dire leurs prières, à étudier leurs leçons, à lire de bons livres, que je ne pus rien obtenir. Un jour que je trouvai le plus jeune tout seul, la pensée me vint que j'arriverais facilement à le faire jurer. Je lui glissai à l'oreille quelques mots très-vite et très-bas, afin qu'il ne les comprît pas immédiatement : « Répétez-les, lui dis-je, on vous prendra pour un homme; d'ailleurs, il est aussi mal de les penser que de les dire, et vous savez que vous les avez déjà pensés. »

— Et jura-t-il? demanda Nightshade avec une malicieuse grimace.

— Non! Il courut en pleurant vers sa mère : « Oh maman, lui dit-il, je viens d'être bien méchant, car j'avais envie de répéter les mots que j'ai entendu dire ce matin à ce gros vilain homme qui battait ses chevaux! » La mère prit l'enfant sur ses genoux, je n'attendis pas davantage pour quitter la chambre; car j'étais convaincu que ce jour-là, du moins, je n'avais rien à espérer. Le lendemain matin je trouvai une des petites filles qui essayait de monter sur la cheminée pour y prendre une chose à laquelle sa mère lui avait défendu de toucher. Elle ne put y parvenir, et la manche de son tablier froissa les fleurs d'un vase de porcelaine. Aussitôt je cours droit à elle comme un dragon ailé, je l'effraie si bien qu'elle tressaille et laisse tomber le vase qui se brise en mille morceaux. J'en fus ravi : « Maintenant, dis-je à l'enfant, vous voilà dans un bel embarras ! C'était le vase favori de votre mère ; elle sera mécontente, de plus vous perdrez sa confiance pour lui avoir désobéi. Votre père le saura aussi, de sorte que cette après-midi, lorsque toute la famille ira se promener, on vous laissera seule à la maison ! Le mieux que vous puissiez faire, c'est de sortir tranquillement de la chambre, de fermer la porte doucement et de vous taire. Si on vous interroge sur cet accident vous pourrez dire que vous ne savez pas qui a brisé le vase.

— Il faut toujours dire la vérité, murmura soudain Lillian à l'oreille de l'enfant. Rappelez-vous ce que vous avez entendu dimanche dernier à l'Église. Vous avez fait une faute, c'est vrai ;

mais votre mère est votre meilleure amie et vous devez aller immédiatement la trouver pour lui avouer ce qui vient d'arriver.

— Et la petite fille, suivit-elle ce conseil ?

— Oui ! cette enfant se mit à ramasser les débris du vase, elle alla vers sa mère et lui raconta sa désobéissance et son malheur. J'en ai éprouvé tant de dépit, que je n'ai pris que quelques épingles, des crayons ; me voici.

— Ah ! ah ! Vraiment vous êtes bien niais, bien inexpérimenté ! Perdre votre temps dans une pareille maison ! Permettez-moi de vous donner un conseil d'abord : allez dans une école où un pauvre maître ne sait lequel entendre, occupé qu'il est tout le jour à instruire quarante ou cinquante enfants, garçons et filles turbulents, paresseux. Là, du moins vous trouverez à qui parler. Dans le nombre des écoliers, il y en aura dont la conscience ne se troublera pas à vos premières paroles et qui sauront persuader les autres. Mentir n'est rien pour bien des enfants or lorsqu'on est arrivé à faire de l'un deux un menteur habile, on arrive très-facilement à le rendre voleur. J'ai conduit plus d'enfants en prison que vous n'en pourriez compter en un long jour d'été. Quant aux crayons et au papier, je connais une ville six fois grande comme Picwille qui fut entièrement bâtie avec les papiers d'une école. Ensuite si la vie privée a pour vous des charmes, entrez dans une famille où chaque enfant oublie tous les matins de réciter sa prière, où la mère ne songe nullement à la leur enseigner, où l'Évangile est considéré comme un vieux bouquin insipide, où le saint jour du dimanche semble le plus ennuyeux de la semaine ; encore dans une famille dont le père n'est occupé qu'a chercher ce qu'il pourra faire pour gagner le plus d'argent possible, où la mère de son côté s'ingénie à le dépenser le plus follement qui se puisse imaginer, tandis que les enfants ainsi abandonnés n'ont appris qu'à s'occuper d'eux mêmes. Si vous voulez faire jurer un enfant, ne l'effrayez pas tout d'abord par de trop gros mots, mais apprenez-lui à répéter sans cesse et à propos de tout : « Par Georges ! Par Dieu ! Que le ciel me confonde ! » Il se familiarisera peu à peu avec ces mots, et il arrivera ainsi tout naturellement à jurer sérieusement. De même si vous souhaitez qu'il devienne voleur inspirez lui l'irrésistible désir de prendre soit un morceau de sucre, soit un gâteau ou quelques raisins ; et alors, si vous avez su le rendre menteur, vous l'aurez bientôt conduit à sa perte.

— Merci ! répondit Wormwood, je me souviendrai de vos avis, ils me semblent bons. Mais qu'est-ce que je vois ainsi briller dans votre sac ?

— Ceci, reprit Nigtshade en tirant un beau collier de corail, c'est le cadeau que l'oncle John a fait à Emily le jour de sa fête ; je viens de m'en emparer par une ruse des plus habiles et je compte en paver ma cour. Ah ! ah ! ces petits grains ne feront-ils pas de jolis pavés? On a souvent dit à Emily de ne le retirer de son cou sous aucun prétexte ; mais un jour je lui ai persuadé de le mettre à son petit chat et moi, voyant la porte ouverte, j'ai jeté une épingle dans l'oreille de Kitty qui s'est sauvée aussitôt dans le jardin à toute vitesse sautant buissons et plate-bandes ; Emily le suivait en pleurant ; soudain le collier vint à tomber, je m'en saisis et je laissai miss Emily se tirer d'affaire comme elle pourait vis-à-vis de sa mère et de son oncle John.

— Ensuite que fîtes-vous? dit Wormvood.

— Mille et mille bons tours. Je trouvai une petite fille qui cousait. Comme elle semblait pressée, je commençai par embrouiller son fil, et par désenfiler son aiguille que je jetai au loin. Tandis qu'elle la cherchait, je fis rouler son peloton sous le poêle, je cachai sous une feuille de papier ses ciseaux, qu'elle avait laissé tomber en cherchant son aiguille; quand elle alla trouver sa mère pour lui demander d'autre fil, je la suivis, j'accrochai sa belle robe neuve à un clou que son frère venait d'enfoncer dans la fenêtre. Comme elle marchait fort vite, elle déchira tout un lé. Oh! j'ai déchiré des douzaines de robes!!! Puis, je m'empressai de courir à la cuisine pour aider à préparer le dîner, car je savais qu'il y avait du monde ce jour-là. La première chose que je fis fut de pousser la cuisinière qui laissa tomber un plat de porcelaine qu'elle tenait à la main. La pauvre fille regardait stupéfaite autour d'elle, affirmant qu'elle ne pouvait savoir comment ce plat avait pu lui échapper. Sa maîtresse certainement la gronderait, mais elle n'y pouvait rien. Je jetai ensuite un morceau de glace enchantée dans la casserole; et Dinah ne pouvant parvenir à lier sa sauce jurait que cette sauce était ensorcelée. Bref, fatigué de rester à la maison, après avoir cassé un beau verre de Bohème avec mon sac de crayons, après avoir jeté sur le tapis neuf de la salle à manger trois charbons enflammés, et rempli la chambre de fumée, je m'enfuis ! J'allai de là dans une ferme où je m'amusai à piquer des épingles dans la peau des vaches. Les malheureuses bêtes agacées et souffrantes détachaient des ruades contre les seaux de lait qui arrosaient l'étable de leur blanche écume ; j'effarouchai les poules, je les forçai à quitter leur nid ; j'effrayai les chevaux qui renversèrent, en se sauvant, la charrette dans laquelle le fermier avait préparé le beurre et les œufs qu'il devait porter au marché. Je me mis aussi à ronger — et ce fut là le meilleur de mes tours — la corde sur laquelle le linge était étendu, de sorte que toute la lessive tomba par terre, je la fis piétiner par des brebis pleines de boue et d'herbes molles. Oh ! Wormwood, si vous aviez pu voir la douleur de la vieille femme et de ses filles, vous auriez ri comme moi, j'ai cru que j'en mourrais ! Elles venaient de s'habiller espérant passer l'après-midi dehors à se glorifier vis-à-vis de leurs voisines de leur besogne du matin; mais j'avais passé par-là! Je m'enfuis les laissant dans la stupéfaction, pour me rendre à la ville.

— Que fites-vousen chemin? dit Wormwood.

— Je m'amusai à enlever les ailes des papillons qui se trouvèrent sur mon passage; j'arrachai les plumes des petits oiseaux; je m'arrêtais de temps en temps dans les *cottages* pour pincer le nez des petits enfants, je leur tirai les cheveux pour les mettre en colère; je dérobai le dé et les aiguilles des petites filles, toutes les fois qu'elles se levaient pour aller jouer; je fis passer devant leurs yeux de vilaines peintures afin qu'elles aient de mauvais rêves; j'entrai le dimanche à l'église avec les bonnes gens qui allaient entendre l'office, et je jetai çà et là des brins de paille pour distraire les enfants; je murmurais à l'oreille des dames les plus recueillies de regarder le châle neuf de mistress A. et l'affreux chapeau de miss B.; j'éventais les fidèles avec des feuilles de pavot, ah! que j'ai ri de bon cœur lorsque j'ai pu les voir tout à fait endormis. Enfin, j'ai fait causer les chantres. Bref, endormant les uns, éveillant les autres, j'ai tourmenté chacun et je me suis sauvé aussi joyeux que satisfait.

— Très-bien! très-bien! dit Wormwood, je vous prendrai pour patron! » Et tous deux jetèrent un éclat de rire si discordant, si affreux que je m'éveillai!

« Ma femme, dis-je à mistress Jerry, qui entrait à ce moment-là même, n'oubliez jamais de faire réciter aux enfants leurs prières du matin et du soir. Il est inutile que vous cherchiez davantage vos ciseaux, vous ne les trouverez pas.

— Comment cela, mon cher mari? répondit-elle en riant et montrant les ciseaux qu'elle tenait à la main. Mais quel air singulier vous avez, sans doute vous venez de rêver! »

Je m'éveillai tout à fait, je racontai mon rêve à Tom et à Suzon qui revenaient de l'école: « Maintenant, mes enfants, leur dis-je, ne prêtez pas l'oreille aux discours trompeurs des méchantes fées et des mauvais lutins. Dites toujours la vérité, ne laissez jamais rien traîner; n'oubliez pas vos prières et soyez obéissants. »

Tous deux, frappés du songe de leur père, promirent d'être sages; puis Tom alla jouer, mais Suzon montant sur les genoux de M. Jerry lui dit d'un air calin :

« Papa, est-ce qu'il y a réellement des fées? Cette histoire que vous venez de nous raconter est-elle vraie?

— Non, ma chérie, ce sont des Contes; mais il est vrai qu'il y a de méchants esprits toujours prêts à nous conseiller de faire le mal, à nous rendre mécontents et malheureux; il est vrai aussi que Dieu veille sur nous toujours prêt à nous aider à faire le bien. Si nous savons obéir aux bonnes inspirations qu'il nous envoie il sera notre appui dans les maux et dans les misères de la vie, ses anges nous porteront dans la brillante demeure qu'il habite, et nous y serons éternellement heureux auprès de lui.

PRENEZ GARDE AU HAMEÇON

La mère de Charlie s'asseyait souvent avec lui auprès du feu, avant que la lampe ne soit allumée, et, à la clarté mourante du soir, elle lui récitait quelques morceaux de poésie. Il y en avait un surtout que Charlie aimait tout particulièrement. Je vais vous le dire :

L'HISTOIRE DU PETIT POISSON

— Mère, regarde cette mouche,
Elle vient tout près de ma bouche
Pour m'inviter à la happer ;
Mère, je voudrais l'attraper ?

— Cher innocent, pas d'imprudence !
La proie est de belle apparence,
Mais, si j'en crois certain soupçon,
Elle enveloppe un hameçon,
Dit la mère au poisson candide.
— Notre innocent était avide
Et tout gonflé de vanité.
Bah ! pensa-t-il, en vérité
Maman me prêche la sagesse,
C'est son travers de la vieillesse ;
Mordons un peu, nous verrons bien
Si ce bonbon cache un lien.
— Il mordit donc et fut sur l'heure
Pendu. — Las ! faut-il que je meurre?
S'écria-t-il : Oh ! je suis pris.
Trop tard je reconnais le prix
De la sagesse maternelle.
Tout en secouant la ficelle
Il soupirait : — Mère, pardon !
Ton conseil était juste et bon.
« C'est en vain que je le supplie,
« Dieu me punit de ma folie.
« Il faut mourir ! ! ! Mère, pardon,
« Ton conseil était juste et bon ! »

Après ce court récit, l'enfant regarda le feu et se mit à réfléchir tout haut :

« Que ce petit poisson était sot ! Il aurait dû savoir cela. »

— Prends garde Charlie, dit sa mère, il y a beaucoup de petits garçons aussi sots que ce petit poisson. J'en ai vu un autrefois, à qui sa maman avait dit de ne pas toucher aux pommes vertes ni de boire de l'eau parce que cela le rendrait malade. Il obéit tout d'abord, car il était assez grand pour savoir qu'il est très-désagréable d'être malade; mais cependant il finit par faire comme le petit poisson. Il se promenait sous les pommiers chargés de fruits et ramassait des pommes vertes, seulement, disait-il, pour les regarder! Il allait près des sources, et de même que le petit poisson jouait autour du hameçon, il ne pouvait s'éloigner de ces lieux. « Je crois vraiment, se dit-il un jour, que ces pommes ne me feraient pas de mal et que l'eau de cette source n'est pas aussi froide que le pense ma petite maman! » Alors il mangea une pomme, puis une autre, puis une autre encore, et il baigna un pied, puis tous deux, bref, il fit tant et si bien qu'il tomba malade. Ne sais-tu pas quelque chose de cette histoire, mignon?

— Oh! maman c'était moi! Oui, je m'en souviens.

— Eh bien, puisque tu as bonne mémoire

écoute-moi : On ne se décide pas tout de suite à faire le mal; on hésite, mais peu à peu on se laisse tenter et l'on essaye comme ce petit poisson. Tenez Georges Jone est un beau petit garçon et qui veut être honnête, hélas ! il ne fuit pas toujours le *hameçon* ! On le voit quelquefois dans ces lieux maudits où les enfants devenus hommes boivent et jurent ! Il ne boit ni ne jure jamais, mais il reste là pour entendre ces hommes chanter et raconter des histoires qui ne sont pas faites pour lui. Certes il ne veut pas devenir ivrogne; mais le petit poisson ne voulait pas se laisser prendre et pourtant il a péri victime de sa désobéissance.

William Day veut aussi certainement être un honnête garçon et rien ne le mettrait plus en colère que si on lui disait qu'il deviendra voleur; et pourtant William *joue trop autour du hameçon !* Sans cesse il prend dans la boutique, même jusqu'à dans le pupître de son père, tantôt une chose tantôt une autre; il cherche dans le panier ou le tiroir de sa mère sans lui demander la permission et prend ce dont il a besoin sans attendre qu'on l'y autorise. « Cela ne sert à rien, se dit-il, qu'importe? » Il ne croit pas plus voler que le petit poisson ne croyait au terrible hameçon, et pourtant si William n'y prend garde, peu à peu il contractera l'habitude de s'approprier le bien d'autrui. Un jour viendra où se trouvant dans une boutique autre que celle de son père et voyant quelque chose à sa convenance il le prendra. S'il venait à tomber dans la misère et le dénuement il deviendrait alors un véritable voleur indigne de la confiance de tous les honnêtes gens et cela pour avoir imité le petit poisson !

— Mère, dit Charlie qui sont Georges Jone et Willam Day? Ne les verrai-je jamais?

— Mon cher enfant, je me suis servi de noms imaginaires pour mettre à ta portée une pensée que la Bible exprime ainsi : « Celui qui méprise les petites choses, peu à peu négligera les grandes ! »

CONTES DE FÉES

« Papa, raconte-nous une histoire, dirent Edouard et Mary à leur père, le soir du jour de l'an.

— Une histoire! une histoire! toujours une histoire! répondit le père. Que vais-je vous raconter?

— Oh! quelque chose de merveilleux, d'étonnant, dit Edouard; j'aime à la folie les contes des *Mille et une Nuits*, il y est sans cesse parlé de palais de cristal, où des génies vous apportent des mets exquis sur des plats d'or et de diamants.

— Oui, oui, dit la petite Mary ; des palais où les arbres portent, au lieu de fruits, des perles et des pierres précieuses.

— Pauvre nourriture ! dit le père, et pour laquelle il faut des dents bien extraordinaires.

— Et puis, papa, ces génies peuvent en une minute monter vers le ciel ou descendre jusqu'au fond de l'Océan ; ils peuvent soulever des montagnes, porter des rochers ; ils font brandir au soleil des épées éclatantes, etc.

— Il me semble, interrompit le père, que vous savez toutes ces histoires beaucoup mieux que moi, je n'ai donc pas besoin de vous les raconter.

— Nous sommes toujours contents de les entendre, même lorsque nous les savons !

— Je vais donc vous dire l'histoire de deux enfants dont le père était le Roi des Mondes?

— Comment! Était-ce un génie? demanda Edouard.

— Je ne sais guère ce que vous entendez par « un génie », mais celui dont je veux vous parler était un grand, un puissant Esprit auquel obéissaient les vagues de la mer et qui savait voir des perles et des diamants dans les profondeurs de la terre et jusqu'au fond de l'Océan; à sa voix les vents s'apaisaient, les oiseaux arrêtaient dans l'air leur vol silencieux!

— Oh! père, dis-nous vite où il vivait!

— Bien loin, bien loin! reprit le père; au ciel où il avait au milieu d'une myriade d'étoiles un palais d'une splendeur éclatante!

— Oh! raconte-nous bien vite cela, père!

— Eh bien donc les murs du palais étaient en jaspe.....

— Je crois me rappeler avoir lu quelque chose comme cela dans les *Mille et une Nuits*, interrompit Edouard.

— Je ne sais pas ce que c'est que le jaspe, moi, papa, dit Mary.

— C'est, répondit le père, une belle pierre cramoisie, claire et brillante. On l'avait polie comme un miroir, et chaque porte du palais était faite d'une seule perle.

— Quelles merveilleuses perles ce devait être! dit Mary.

— Oh! dans les contes de fées, ces choses-là sont communes! répliqua Edouard d'un ton capable.

— Vous pouvez vous faire une idée, mes

enfants, de la magnificence de ces portes qui scintillaient au soleil comme des myriades d'étoiles dans les nuits des tropiques.....

— Et avaient-elles des gonds dorés? interrompit vivement Edouard.

— Sans doute, répondit le père ; le palais lui-même reposait sur un amas de bijoux : ici c'étaient des diamants ; là des topazes; plus loin des émeraudes; partout des perles, des rubis. On eût dit un rocher d'or reposant sur un arc-en-ciel.

— Oh! papa, que c'est joli! et que voilà bien un véritable conte de fées! dit Édouard; c'est plus amusant que tout ce que j'ai entendu jusqu'ici.

— Ce palais, reprit le père, n'était pas une petite maison comme celle où nous demeurons. En Europe où les rois habitent des palais aussi grands qu'une de nos villes, il n'y en a jamais eu de cette dimension ; les cours étaient pavées en or massif, clair et uni comme un miroir de Venise, les arbres qui s'y trouvaient embaumaient l'air qu'on respirait et...

— Mais qui donc habite ces lieux enchanteurs, père? demanda le terrible petit questionneur.

— Ce palais est habité par des milliers de grands esprits, répondit le père.

— Vous ne nous avez pas encore parlé du roi? interrompit encore Edouard; était-il très-beau?

— Oui, mon enfant; il était très-beau, si beau que tous ceux qui le voyaient ne pensaient plus à regarder toutes les belles choses qui les entouraient et ne contemplaient que lui.

— Comment donc était-il?

— Je ne saurais vraiment décrire sa beauté sublime. Son vêtement étincelait, son front rayonnait d'intelligence et de bonté, dans ses yeux brillaient, l'espérance et la vie.....

— Papa, et ses enfants?

— Écoutez, reprit doucement le père : Il y avait une fois deux petits enfants qui devaient le jour à ce Grand Roi; ils n'avaient jamais vu leur père.

— Jamais vu leur père? Que c'est étrange! Les aimait-il?

— Oui, et bien tendrement, comme vous le verrez.

— Mais dis-nous, je te prie, où vivaient ces enfants, père?

— Que penseriez-vous si je vous répondais que vous êtes ces deux enfants?

— *Nous*, père?

— Oui, mes enfants! N'avez-vous donc jamais entendu parler d'un « Puissant Esprit » vêtu de soleil, qui couvre la terre d'un rideau étoilé, pose sur les eaux une lumière transcendante, voyage avec les nuages et marche sur les aîles du vent?

— Oh! nous savons maintenant, dirent à la fois les enfants.

— Ce n'est cependant pas dans l'Ecriture, dit Edouard; je l'ai lue bien des fois. Je pensais que vous nous racontiez un conte de fée?

— Et où est ce palais? dit Mary.

— Ne vous rappelez-vous pas le vingt-et-unième chapitre du livre de la Révélation où il est parlé de cette brillante Cité : « la lumière était comme du jaspe, claire comme le cristal; les murs et les fondations, aussi faits de jaspe, étaient garnis de pierres précieuses ; les douze portes étaient douze perles ; et la rue principale de la ville pavée en or pur ressemblait à du cristal.

— Oui, père ; je me souviens de ce passage, dit Mary.

— Eh bien maintenant, mes enfants, il faut que vous sachiez que rien dans les contes de fée n'est aussi étrange, aussi surprenant que votre propre histoire !

— Notre histoire, papa ?

— Oui, mes chers petits amis. Vous êtes les enfants d'un Être plus grand, plus puissant qu'aucun roi de la terre, d'un père qui sait tout, qui peut tout ! Il vous a créés à son image et vous vivrez aussi longtemps que lui, vous vivrez... éternellement ! »

Les enfants regardèrent leur père d'un air sérieux, frappés du ton solennel avec lequel il avait prononcé ce mot « éternellement. »

« Oui, reprit le père, non-seulement vous vivrez éternellement, mais vous deviendrez plus beaux, plus brillants, plus glorieux que le soleil et les étoiles du firmament.

— Ce que vous dites-là, est-il dans l'Écriture, père ? demanda Mary.

— Vous avez lu tous deux, répondit le père, que notre Sauveur dit en parlant du jour du jugement : « Alors les justes brilleront comme le soleil dans le royaume de leur Père » ; il y a encore dans le livre de Daniel, chap. XII, verset 6 :

« Et beaucoup d'entre eux qui dorment dans la poussière de la terre s'éveilleront les uns pour la vie éternelle, les autres pour la honte et le mépris sans fin. » — « Ceux qui sont sages brilleront comme le firmament, ceux qui auront fait preuve de probité et de droiture ressembleront à des étoiles étincelantes. »

Maintenant, mes enfants, je ne vous défends pas de lire ces ravissants contes de fées que vous aimez tant, mais je veux seulement que vous soyez bien convaincus qu'il y a dans la vie réelle des événements, des faits, des vérités plus étranges, plus étonnantes, que dans les plus beaux contes; car avoir un père dans le ciel, une âme immortelle, espérer de vivre à jamais dans l'Infini est certes plus merveilleux que tous les prodiges de la terre des fées.

CAUSERIE SUR LES OISEAUX

I

Un beau matin de printemps, alors que les dents de lion brillaient comme autant de pièces d'or dans l'herbe verte, que le murmure des ruisseaux emplissait l'air et que les eufraises émergeaient au-dessus du gazon comme des troupeaux de blancs moutons, un petit garçon fatigué de loisirs se demandait comment il passerait la journée.

« Que faire? se disait-il. » Enfin après y avoir réfléchi quelque temps Jamie — c'était le nom de l'enfant — prit un panier et alla dans un champ voisin cueillir des violettes pour en garnir les vases de sa maman. Il rencontra bientôt deux enfants plus grands et plus forts que lui qu'il voyait pour la première fois.

« Holà ! lui dit l'un d'eux, viens t'amuser avec nous. Quelle bonne journée !. Nous avons rempli nos poches de pierres pour tuer des oiseaux ; c'est la plus agréable manière de passer le temps. »

Jamie était un petit étourdi qui ne savait pas refuser une partie de plaisir ; aussi accepta-t-il immédiatement et le voilà faisant provision de pierres, courant et criant comme ses deux nouveaux amis.

« Ecoute, dit bientôt Charles Jones, cet oiseau qui chante si bien, je vais le viser !

— Regarde ce rouge-gorge ! cria aussi Will Drake, envoie-lui une pierre, Jamie... Oh ! un oiseau bleu, tuons-le, tuons le ! »

Heureusement pour les jolies petites bêtes, nos jeunes barbares avaient plus de méchanceté que d'habileté. Tandis qu'ils couraient d'un oiseau à l'autre, un beau chat blanc vint à passer sur le haut d'une haie, posant ses pattes au milieu des feuilles et des épines aussi délicatement qu'une jeune fillette qui marcherait sur des roses!

« Ah! quel bonheur! voici un chat maintenant! » cria Will Drake lançant une pierre au bel animal qui s'enfuit effrayé.

Les trois enfants le suivirent en courant et arrivèrent ainsi à la haie qui bordait l'arrière-cour de la maison qu'habitait Jamie. Sa mère était assise près de la fenêtre; elle se leva en voyant ce qui se passait et elle appela son fils :

« Viens lui dit-elle; j'ai quelque chose à te montrer. »

Les deux autres enfants se tinrent un instant à l'écart. Jamie arriva près de sa mère hors d'haleine, et n'en pouvant plus :

« Que veux-tu me faire voir? dit l'enfant; dépêche-toi, car mes amis m'attendent pour nous amuser à tuer des oiseaux! »

La mère de Jamie était une femme bonne et sensible; rien ne lui était plus odieux que la cruauté envers les animaux. Mais comme elle avait beaucoup réfléchi et beaucoup étudié les enfants, elle savait qu'ils sont plutôt cruels par étourderie que par nature. Aussi, au lieu de gronder et de punir Jamie, elle l'assit auprès d'elle, essuya son visage trempé de sueur et, s'éloignant un instant, elle alla prendre dans un tiroir une petite boîte qu'elle ouvrit avec une clef qui ressemblait à une clef de montre. Elle posa la boîte par terre, aussitôt une brillante musique se fit entendre. Jamie était tout à la fois étonné et enchanté.

« Quelle étrange boîte, dit-il! Qui l'a faite?

— Je ne sais pas, répondit la mère, mais pourquoi la trouves-tu si étrange?

— C'est qu'en vérité, il est fort étrange d'entendre sortir une si belle musique d'une si petite boîte. Je pourrais la mettre dans ma poche. Oh! que je serais heureux qu'elle fut à moi! Je l'emporterais, et lorsque je me trouverais avec d'autres enfants je la ferais aller. Quelle surprise alors!

— Mais puisque tu trouves si étrange d'entendre sortir de cette boîte une musique si belle, que dois-tu penser de cette musique qui est dans la gorge des oiseaux?

— Dans la gorge des oiseaux, reprit Jamie? Qui a jamais entendu dire une chose pareille?

— Eh bien! répondit la mère, ce matin tu

écoutais sans t'en étonner cette douce musique. Tu étais au milieu des champs, les rouge-gorges et les oiseaux bleus chantaient ; tu écoutais, insouciant de ce brillant concert... Regarde ton petit serin et vois quand il chante comme sa gorge tremble !

— Oh ! mon petit serin a-t-il donc une boîte à musique dans le cou ? demanda Jamie ; Comment alors est-elle faite ?

— C'est une belle petite flûte qui a des milliers de notes.

— Une flûte dans la gorge ? reprit Jamie en riant, quelle idée, maman !

— Sans doute, dit la mère, et le tuyau par lequel passent les chansons de ton petit serin est plus curieusement fait que les flûtes d'aucun fabricant ! Il est tout à la fois d'une petitesse extrême et d'une perfection inimitable ! Artistement posé dans sa gorge, ce petit tuyau ne l'empêche ni de manger ni de respirer, et pourtant il est impossible d'entendre des sons plus suaves et plus délicieux.

— Vraiment, j'aurais pu écouter chanter un oiseau des mois et des mois, dit Jamie, sans songer à cela ; et maintenant que j'y songe, c'est merveilleux... Mais, mère, de quoi cette flûte est-elle faite?

— D'anneaux élastiques.

— D'anneaux élastiques? Je ne comprends pas!

— Cela ressemble à de la gomme élastique qui se plie facilement comme tu sais. C'est parce que ce tuyau est fait d'une quantité d'anneaux que l'oiseau peut tourner et pencher la tête sans aucune gêne, ce qui serait impossible si ce tuyau était raide comme celui d'une flûte véritable. Mais, continua la mère, regarde ces jolis petits yeux qui brillent comme des étincelles en diamant, ils sont encore plus merveilleux; pourtant j'ai peur de ne pouvoir te le faire comprendre tant ils sont compliqués.

— Qu'est-ce qui peut être compliqué dans ce petit œil? demanda curieusement Jamie.

— Ecoute bien, mon enfant : la machine qui se trouve dans l'intérieur de ma montre est très-compliquée, parce qu'elle se compose d'un nombre infini de parties, qui toutes ont un but différent. Eh bien! la machine qui est dans les yeux des petits oiseaux l'est encore davantage.

— Comment! cette petite prunelle pas plus grosse que la tête d'une épingle?

— Sans doute. Laisse-moi te l'expliquer le mieux qu'il me sera possible : dans ce petit œil si lumineux, il y a une machine au moyen de laquelle, quand l'oiseau vous regarde, un portrait s'y trouve peint.

— Ce doit être un bien petit portrait? interrompit Jamie.

— Certainement, répondit sa mère, et cependant il est d'une exactitude parfaite.

— Dis-moi, je te prie, comment cela se fait! demanda Jamie.

— Mon cher enfant, le mécanisme dont je te parle est tel que je n'espère pas te le faire comprendre. Il y a dans ton œil une machine toute semblable, ainsi que dans l'œil de tous les animaux. Mais ce phénomène est beaucoup plus curieux chez l'oiseau, à cause de la très-petite dimension de l'animal.

— Je n'avais pas encore entendu dire que nous ayons des tableaux peints derrière les yeux. Cela vient-il de notre manière de regarder?

— Oui, et quand tu seras plus grand, tu

pourras comprendre les magnifiques combinaisons qui font mouvoir ce délicat organe. Il a fallu bien des études de la part des savants pour le découvrir, et ils ont vu que la forme de l'œil est, sous quelque rapport, plus curieuse encore chez l'oiseau que chez nous.

— Eh bien, maman, dit Jamie, tu m'as convaincu d'une chose, c'est qu'il y a beaucoup plus à apprendre sur un petit oiseau que je ne l'aurais supposé.

— Pourtant je ne t'en ai pas encore dit la moitié. Chacun des os de ce petit oiseau que tu vois voleter si gracieusement dans la cage est aussi soigneusement fait, aussi complétement achevé que si c'eût été la seule chose que le Créateur eût à créer ! Tu vois quelle souplesse de muscles, quelle délicatesse de nerfs !

— Je ne sais pas ce que c'est, maman, que les nerfs et les muscles ?

— Les nerfs sont ce qui te fait sentir quand tu manges. Les nerfs de ta bouche te donnent du goût ; ceux de ton nez te permettent de sentir ; ceux de tes yeux te laissent voir ; ceux de tes oreilles te font entendre, et tous se rattachent à un seul qui partage ton corps en deux : on le nomme la moëlle épinière qui se divise de manière à former un réseau qui couvre tout le corps, de sorte qu'il serait impossible de poser même la pointe d'une épingle sans toucher un nerf.

— Est-ce qu'un oiseau en a comme cela ?

— Oui.

— Et qu'est-ce que les muscles?

— Vous êtes-vous jamais amusé à tirer un morceau de viande maigre par petites lanières qui ressemblent à des ficelles?

— Oui, maman, répondit Jamie.

— Eh bien! un muscle est un paquet de ficelles qui aboutissent à une grosse corde appelée tendon. Ce muscle a le pouvoir de se raccourcir comme la gomme élastique, et en même temps il tire le tendon, qui lui-même tire tout ce qui tient après. Tiens, regarde le revers de ta main, étends-le vivement : tu sens alors une forte corde qui descend de chaque doigt, ce sont des tendons; maintenant serre le bras et ferme la main. »

L'enfant s'empressa d'obéir et s'écria :

« Oh! ma mère c'est vrai je sens quelque chose remuer près de mon coude quand je ferme la main.

— C'est le muscle, reprit la mère; tu le sens se raccourcir, il tire les tendons et les tendons tirent tes doigts. »

Jamie s'amusa quelque temps à ouvrir et à fermer la main, puis il dit :

« Est-ce que tous nos mouvements s'exécutent de la même manière par les muscles et les tendons ?

— Oui, répondit sa mère, chez les animaux aussi, il y a des douzaines de muscles qui se raccourcissent, s'allongent et permettent à ton petit Cherry de se remuer à toute minute et dans tous les sens ; cependant aucun ne se brise ni ne s'use !

— Je crois que Cherry ne songe guère à tout cela, dit Jamie qui regardait sauter l'oiseau dans sa cage.

— Le pauvre Cherry, reprit la mère, ne peut comprendre tout ce que Dieu a fait pour lui, ni avec quel soin il a formé son petit corps, non plus comme il lui épargne toute espèce de souffrance et combien de belles choses il a créées pour le bonheur de tous !

— Non en vérité, maman ; s'il le comprenait il aimerait Dieu !

— Eh bien! Jamie, reprit alors la mère, qu'éprouverais-tu si ayant fait un beau joujou tu le voyais détruire par un enfant turbulent et indocile?

— Mais je serais désolé, furieux, fou! répondit l'enfant.

— Suppose qu'un grand seigneur t'invite avec deux ou trois autres enfants à venir dans son château et vous conduise dans une belle salle remplie de magnifiques peintures, de superbes glaces, de fleurs aux plus délicats parfums et que vous vous amusiez à détruire les uns, à briser les autres, bref à porter le plus complet désordre au milieu de toutes ces splendeurs, que penses-tu qu'il éprouverait?

— Je crois qu'il serait fort en colère, et il en aurait bien le droit.

— Alors, mon cher Jamie, quand les petits garçons vont dans les bois, dans les champs que Dieu a remplis de beaux arbres, de fleurs odoriférantes, de milliers d'oiseaux tous merveilleusement organisés, et s'amusent à jeter des pierres pour les tuer, les blesser ou les briser, le Créateur doit-il être mécontent?

— Oh! certainement! dit vivement Jamie.

Puis, après quelques minutes de silence, il ajouta : « C'est plus mal de tuer les petits oiseaux que de briser les glaces, d'abîmer les peintures, de dévaster les fleurs, parce que les oiseaux ont le sentiment de la souffrance.

— Oui, dit la mère ; et le soin que Dieu a mis à les créer montre combien il a voulu qu'ils fussent heureux. Il est dit dans la Bible que sa miséricorde s'étend sur tout ce qui respire. Maintenant, puisque tu es sage et que tu m'as si bien comprise, je vais te dire une petite histoire. Écoute :

II

C'était une brillante matinée d'avril. La neige avait fondu dans les petits ruisseaux, qui murmuraient harmonieusement en roulant leurs eaux sur les pierres moussues. La violette émergeait çà et là au milieu de ses feuilles, les larges tiges du lis et du glaïeul étaient fraîches et vertes, des bouquets de primevères étalaient sur l'herbe leurs petites fleurs dorées, et les feuilles, qui commençaient à grandir, ressemblaient à un léger voile vert étendu sur les arbres. Les oiseaux arrivaient par bandes des exils que l'hiver leur avait imposé. Ils remplissaient l'air de leurs chants et de leurs concerts.

Sur le bord d'une haie qui servait de clôture à un verger, deux beaux oiseaux dont le plumage bleu ondoyait au soleil jouissaient du printemps et gazouillaient tous les deux. Ils avaient bâti leur nid dans ce même verger, aux fleurs de mai une année auparavant. Là ils avaient élevé toute une famille, après avoir été chanter durant les neiges de l'hiver, dans les chaudes vallées des îles de Bahama, ils revenaient au nid du vieux verger.

Un immense pommier s'élevait au milieu du vaste enclos, ses branches touchaient presque la terre. L'herbe, qui poussait haut et dru en cet endroit, se mêlait aux fleurs et aux feuilles du vieil arbre. Elle, formait au-dessous comme une espèce de berceau plein de fraîcheur, d'ombre et de silence que les oiseaux et les abeilles venaient seuls visiter durant les longs jours d'été. Le maître de ce jardin veillait à ce qu'aucun enfant ne vînt fouler cette herbe luxuriante avant la fenaison, aussi était-ce pour les oiseaux un lieu de prédilection. Dans le tronc même de l'arbre, juste où les branches se divisent, il y avait un petit creux assez grand pour qu'un oiseau pût y construire un nid, et si bien caché qu'on aurait pu passer près de l'arbre même sans le découvrir. C'était là que nos oiseaux avaient résolu d'établir leur habitation. Heureux de se retrouver maîtres de ces lieux, ils se mirent à l'ouvrage, allant, venant, ramassant ici et là des brins de paille, cherchant des morceaux de laine, de la mousse, pour garnir l'intérieur de ce trou afin de le rendre doux et chaud.

Il leur fallut deux jours de travail pour construire ce cher abri. Le soir du troisième jour, comme les rayons du soleil couchant dardaient sur les arbres du verger, on eût pu voir ce joli ménage, heureux et satisfait gazouillant sur le bord du nid.

— Quel bonheur, dit la femelle, que nous ayons reconquis notre chère habitation de l'an dernier ; je suis sûre que nul ne nous trouvera ici. Nous pouvons voler sous ce grand arbre sans que jamais on y soupçonne notre présence.

— Mon amie, reprit le mâle, j'en suis enchanté ! Nos chers enfants y seront aussi aimants, aussi beaux que les aînés ! »

C'était plaisir de considérer les soins que les deux petites bêtes prodiguaient à leurs œufs : l'heure de l'éclosion sonna, les parents idolâtres redoublèrent d'attention. Tandis que la mère les couvrait de ses ailes, le père cherchait la nourriture de la famille, et lorsqu'il revenait au logis, cinq petits becs s'ouvraient à la fois ; quand leur faim était apaisée, la mère les abritait de nouveau sous ses ailes, le père se mettait à ses côtés, et tous deux admiraient les blanches fleurs du pommier qui brillaient au-dessus de leur tête. Ils s'entretenaient de leur jeune famille. Ils songeaient avec ravissement à l'heure tant souhaitée où ils apprendraient à ces chers petits à se servir de leurs ailes, aux voyages qu'alors ils entreprendraient et aux jours fortunés dont ils jouiraient.

Un matin que les gouttes de rosée étincelaient sur les fleurs d'alentour, le père quitta son nid pour s'en aller à la provision. Il s'arrêta un instant sur la plus haute branche du pommier, fit entendre tout à la fois pour adieu et comme promesse de retour une suave chanson, puis s'envola dans le ciel bleu, bien plus heureux qu'un roi.

A ce moment-là même, un homme armé d'un fusil, une carnassière sur le dos, partait pour la chasse. Il vint à traverser un champ voisin et vit bientôt sur un arbre notre pauvre oiseau qui se préparait à rapporter le déjeuner de la famille impatiente. Le chasseur fit feu, l'oiseau tomba, le plomb lui avait traversé la tête : il était mort!

« Oh! que cet homme était cruel de tirer sur l'oiseau? s'écria Jamie.

— Mon cher enfant, il y a des gens qui n'ont ni cœur ni instruction et qui croient que les oiseaux sont nuisibles aux fruits; comme il y avait dans le verger près du champ quelques cerisiers dont les fruits étaient mûrs, l'homme craignait qu'il ne les mangeât. C'est, selon moi, une idée très-fausse. Les oiseaux font au contraire plus de bien en détruisant les insectes qui abîment les arbres et les plantes qu'ils ne font de mal en mangeant de temps en temps un petit fruit.

Il était midi, et la mère attendait depuis longtemps déjà le retour de celui qui ne devait pas revenir ! Les petits s'étonnaient d'un retard qu'ils subissaient pour la première fois ! Le soleil montait à l'horizon, le père n'arrivait pas ! Enfin les ombres du soir commençaient à voiler la terre, les petits gémissaient sous les tortures de la faim et la mère effrayée prêtait l'oreille au moindre bruit. Lasse enfin de son repos, elle vola sur la plus haute branche de l'arbre et se mit à appeler son mari : hélas ! il ne devait plus l'entendre. Elle allait de branche en branche le cherchant et l'appelant. Alors songeant à ses petits, elle ramassa quelque nourriture et revint au nid, brisée de douleur. Il était nuit, mais le père ne revint pas, et le lendemain matin on n'entendit près du vieux pommier ni cris joyeux, ni douces chansons !

La pauvre mère errait sur tous les arbres du verger cherchant la nourriture de ses petits, mais elle était muette et les échos d'alentour ne redisaient plus ses chants.

Un jour qu'elle allait ainsi solitaire et triste, le même chasseur qui avait détruit son bonheur à jamais s'en vint dans le verger, son fusil sur l'épaule : c'était, disait-il « un lieu excellent pour tuer des oiseaux, on en trouvait toujours ! »

Soudain il voit la pauvre mère qui ramassait des vers sur une haie et la vise ! Mais le coup ne fit qu'effleurer son aile, et toute ensanglantée elle voulut revoir encore ses petits ! Quand elle atteignit le vieux pommier ses forces l'abandonnèrent... ses plumes dégouttaient de sang, elle eut encore assez de présence d'esprit ou plutôt assez d'amour pour jeter à ses enfants la nourriture qu'elle rapportait ; puis battant des ailes quelques minutes, ses yeux se fermèrent : elle était morte !

Longtemps après, quand le vieux pommier était chargé de belles pommes, on faucha l'herbe qui s'étendait à l'entour et un enfant rôdant en cet endroit essaya d'y monter pour secouer quelques pommes. Tout à coup il s'arrête et pousse une exclamation de joie, il venait de mettre la main sur un nid d'oiseau bâti dans le creux de l'arbre. Bien vite il s'en empare ; mais tout désappointé il le laisse retomber aussitôt : il renfermait cinq petits oiseaux morts !

Mme L. R.

PARIS. — E. DE SOYE, IMPRIMEUR, PLACE DU PANTHÉON, 2.

PREMIÈRE BIBLIOTHÈQUE

CHOIX DE BONS LIVRES

POUR RÉCOMPENSES SCOLAIRES, ÉTRENNES ET DISTRIBUTION DE PRIX

FORMAT IN-18.

EN VENTE :

Première série.

	broché	cart.
LES BONS COEURS, par L.-A. BOURGUIN. . . .	» 60	» 90
CATÉCHISME DE LA PROTECTION DUE AUX ANIMAUX, par LELION-DAMIENS.	» 20	» »
UNE POIGNÉE DE CONTES, par Mme BEECHER-STOWE, traduction de Mme L. ROUSSEAU.	» 50	» 80
LES CONTES D'UN VIEUX COUSIN, par L.-A. BOURGUIN.	» 50	» 80

Deuxième série.

	broché	cart.
LES FARCEURS DE DOUZE ANS, par LELION-DAMIENS.	» 35	» 70
LA SCIENCE A L'ÉCOLE. — LE RÈGNE ANIMAL, par L.-A. BOURGUIN.	1 50	1 90
LE ROYAUME DE LA PARESSE, par Mme Elisabeth DE VALSEMAY.	» 60	» 90
A PROPOS DES BÊTES, par LELION-DAMIENS. . .	» 35	» 70

Troisième série.

	broché	cart.
SOURDS-MUETS ET AVEUGLES, par Louis YBERT. .	» 75	1 10
ANECDOTES MORALES, par Eugène DE SOYE. . .	1 »	1 40
SIMPLES RÉCITS, par LE MÊME.	1 »	1 40
CHOSES ET AUTRES, par LE MÊME.	1 »	1 40

Sous presse ou en préparation :

UN PEU PARTOUT, par LELION-DAMIENS.
LE LIVRE DE PRIÈRES DES ENFANTS, par l'abbé BOURQUARD.
L'ALPHABET DES ENFANTS SAGES, par Lucien BARNOU.
LES GRANDS NATURALISTES FRANÇAIS, par L.-A. BOURGUIN.
LES OUVRIERS DU BON DIEU, par LAMQUET.
LA JEUNE GARDE MALADE, par Mme Elisabeth DE VALSEMAY.
LES MÉMOIRES D'UN POLTRON, par LELION-DAMIENS.
L'ÉDUCATION D'UN POLICHINELLE ET D'UNE POUPÉE, par Lucien BARNOU.
LES FÉERIES NOUVELLES, par Louis YBERT.
HISTOIRE D'UNE TABLE, par LAMQUET.
DANS LA CUISINE, par Mlle Charlotte FOURNEAU.

PARIS. — E. DE SOYE, IMPRIMEUR, PLACE DU PANTHÉON, 2.

www.ingramcontent.com/pod-product-compliance
Ingram Content Group UK Ltd.
Pitfield, Milton Keynes, MK11 3LW, UK
UKHW020350230726
13925UKWH00003B/1052